folio
junior

www.narnia.com

Titre original : *The Voyage of the Dawn Treader*

The Chronicles of Narnia ®, *Narnia* ® and all book titles, characters
and locales original to The Chronicles of Narnia, are trademarks
of C. S. Lewis Pte. Ltd. Use without permission is strictly prohibited.

Published by Editions Gallimard Jeunesse under license
from the C. S. Lewis Company Ltd.

© C. S. Lewis Pte. Ltd., 1952, pour le texte
© C. S. Lewis Pte. Ltd., 1954, pour les illustrations
© C. S. Lewis Pte. Ltd., 1998, pour la mise en couleurs
© Éditions Gallimard Jeunesse, 2002, pour la traduction française
© Éditions Gallimard Jeunesse, 2008, pour la présente édition

C. S. Lewis

L'Odyssée
du Passeur d'Aurore

Illustrations de Pauline Baynes

Traduit de l'anglais
par Philippe Morgaut

GALLIMARD JEUNESSE

Le Monde de Narnia

1. Le Neveu du magicien
2. Le Lion, la Sorcière Blanche et l'Armoire magique
3. Le Cheval et son écuyer
4. Le Prince Caspian
5. L'Odyssée du Passeur d'Aurore
6. Le Fauteuil d'argent
7. La Dernière Bataille

À Geoffrey Barfield

Chapitre 1
Un tableau sur le mur

Il était une fois un garçon qui s'appelait Eustache Clarence Scrubb[1], et l'on est tenté de dire qu'il le méritait bien. Pour ses parents, il était Eustache Clarence, pour ses professeurs, Scrubb. Je serais bien incapable de vous dire comment l'appelaient ses amis, car il n'en avait aucun. À ses parents il ne disait pas papa et maman, mais Harold et Alberta. C'étaient des gens très évolués. Végétariens, non-fumeurs et ne buvant pas d'alcool, ils portaient des sous-vêtements d'un genre particulier. Chez eux, il y avait très peu de meubles, très peu de couvertures sur les lits, et les fenêtres restaient ouvertes en permanence.

Eustache Clarence aimait les animaux, surtout les scarabées, quand ils étaient morts et épinglés sur un carton. Il aimait les livres, mais seulement les livres documentaires, avec des photos de silos à grain ou d'enfants étrangers bien en chair faisant de la gymnastique dans des écoles modèles.

1. En anglais *scrub* signifie « chétif ».

Eustache n'aimait pas ses cousins, les quatre Pevensie : Peter, Susan, Edmund et Lucy. Mais il fut ravi d'apprendre qu'Edmund et Lucy allaient venir passer quelque temps chez lui car, en son for intérieur, il prenait plaisir à tyranniser les autres et à les persécuter. Ce petit bonhomme frêle qui, dans une bagarre, n'aurait pu tenir tête même à Lucy, sans parler d'Edmund, savait bien qu'il y a des dizaines de façons de faire passer un mauvais moment à des gens qui sont provisoirement vos hôtes, quand on est chez soi.

Edmund et Lucy n'avaient aucune envie d'aller chez oncle Harold et tante Alberta. Mais, cet été-là, leur père devait séjourner quatre mois en Amérique pour y faire des conférences et, comme leur mère n'avait pas eu de vraies vacances depuis dix ans, elle avait décidé de partir avec lui. Peter, qui travaillait d'arrache-pied pour se préparer à un examen, allait passer tout l'été sous la férule du vieux professeur Kirke. Longtemps auparavant, pendant la guerre, nos quatre jeunes amis avaient vécu des aventures merveilleuses dans la grande maison du professeur. S'il avait encore habité là, il les aurait reçus tous les quatre. Mais, ayant eu quelques soucis d'argent depuis lors, il s'était installé dans une maisonnette qui ne comportait qu'une chambre d'invité. Emmener les trois autres enfants en Amérique aurait coûté trop cher. Susan était donc la seule à partir.

Les adultes la considéraient comme la plus jolie de la famille ; elle n'était pas douée pour les études (bien que par ailleurs très mûre pour son âge) et, comme disait maman, « un voyage en Amérique lui serait beaucoup plus profitable qu'à ses frères et sœur ». Edmund et Lucy s'efforçaient de ne pas lui en vouloir, mais c'était terrible pour eux d'avoir à passer les vacances d'été chez leur tante.

– Surtout pour moi, fit remarquer Edmund, car toi, au moins, tu auras une chambre pour toi toute seule, tandis que moi, je devrai partager celle de ce sale type.

Notre histoire commence un après-midi où, clandestinement, Edmund et Lucy savouraient quelques précieux instants de solitude. Et, bien sûr, ils parlaient de Narnia, puisque tel était le nom de leur pays secret.

La plupart d'entre nous, je pense, ont un paradis secret mais, en général, il s'agit d'un pays imaginaire. De ce point de vue, Edmund et Lucy avaient plus de chance. Leur pays secret existait bel et bien. Ils s'y étaient déjà rendus à deux reprises ; pas dans le cadre d'un jeu ni au cours d'un rêve, mais dans la réalité. Bien sûr, ils y avaient été transportés par magie, car il n'y a pas d'autre moyen de se rendre à Narnia. Et, à Narnia même, on leur avait fait la promesse, ou c'était tout comme, qu'ils reviendraient un jour. On peut imaginer combien ils aimaient en parler dès que l'occasion se présentait.

Assis au bord du lit dans la chambre de Lucy, ils regardaient un tableau sur le mur d'en face. De tous les tableaux de la maison, c'était le seul qui leur plaisait. Tante Alberta ne l'aimait pas du tout (c'est pourquoi elle l'avait relégué dans une petite chambre de derrière, sous les toits), mais elle ne pouvait pas s'en débarrasser car c'était un cadeau de mariage offert par quelqu'un qu'elle ne voulait pas offenser.

Il représentait un bateau… un bateau qui fendait les flots en venant droit sur vous. Sa proue dorée avait la forme d'une tête de dragon à la gueule grande ouverte. Il avait un seul mât, avec une grande voile carrée d'un violet intense. Les flancs du navire – enfin, ce qu'on pouvait en voir derrière les ailes dorées du dragon – étaient verts. Il venait juste de se hisser au sommet d'une somptueuse vague bleue, que l'on voyait déferler au premier plan, écumante et étincelante. Visiblement, il filait bon train, poussé par un vent vif, et gîtait un peu sur bâbord (à propos, si tant est que vous ayez l'intention de lire ce récit, mieux vaut vous mettre dans la tête, si vous ne le savez pas déjà, que, sur un bateau, quand on regarde vers l'avant, la gauche s'appelle bâbord et la droite tribord).

La lumière du soleil arrivait sur lui par bâbord et, de ce côté-là, l'eau était tout en nuances de vert et de violet. De l'autre côté, à l'ombre du bateau, elle était bleu foncé.

– Je me demande, dit Edmund, si ça ne rend pas les choses plus pénibles de regarder un bateau narnien, quand il est impossible de monter à bord.

– Même si on doit se contenter de le regarder, c'est mieux que rien, répondit Lucy. Et ce bateau est si typiquement narnien !

– Encore en train de jouer à votre jeu stupide ? intervint Eustache Clarence qui, après avoir écouté à la porte, entrait dans la pièce avec un grand sourire.

L'année précédente, au cours d'un séjour chez les Pevensie, il les avait surpris en train de parler de Narnia tous les quatre. Il adorait les asticoter à ce propos. Il pensait, bien sûr, que tout cela était pure invention de leur part ; et, beaucoup trop bête pour pouvoir lui-même inventer quoi que ce soit, il n'aimait pas ça.

– On ne veut pas de toi ici, lui dit sèchement Edmund.

– J'essaie de me rappeler un petit poème, dit Eustache. Quelque chose du genre :

Des enfants qui déliraient à propos de Narnia
Devinrent peu à peu de plus en plus niais…

– Eh bien, pour commencer, « Narnia » et « niais » ne riment pas, fit remarquer Lucy.

– C'est une assonance, dit Eustache.

– Ne lui demande pas ce que c'est qu'une asso-truc-machin, intervint Edmund. C'est tout ce qu'il veut. Ne dis rien, peut-être qu'il s'en ira.

Devant un tel accueil, n'importe qui aurait déguerpi ou explosé de colère. Pas Eustache. Il se contenta de rester là à traîner, avec son grand sourire, et finit par demander :

— Vous aimez ce tableau ?

— Pour l'amour du ciel, ne le branche pas sur l'art et tout ça, s'empressa de dire Edmund.

Mais Lucy, qui était d'une nature très franche, avait déjà répondu :

— Oui, c'est vrai, je l'aime beaucoup.

— C'est un tableau complètement nul, affirma son cousin.

— Il te suffit de sortir de la pièce pour ne plus le voir, fit remarquer Edmund.

— Pourquoi l'aimes-tu ? demanda Eustache à Lucy.

— Eh bien, d'abord, parce qu'on a l'impression que le bateau avance vraiment. Et que l'eau mouille vraiment. Et que les vagues montent et descendent vraiment.

Bien sûr, Eustache aurait eu beaucoup à répondre à tout cela, mais il ne dit rien du tout. Pour la bonne raison que, au même moment, il regarda les vagues et vit qu'elles donnaient tout à fait l'impression de monter et descendre vraiment. Il n'avait embarqué qu'une seule fois à bord d'un bateau (et encore, pour aller pas plus loin que l'île de Wight, à quelques kilomètres de la côte) et avait souffert d'un mal de mer épouvantable. À la vue des vagues sur le tableau, il se sentit à nouveau malade. Il verdit, mais risqua encore un coup d'œil. Et, l'instant d'après, bouche bée, fascinés, incrédules, les trois enfants fixaient le tableau de tous leurs yeux.

Tout, dans l'image, s'était mis à bouger. Mais l'effet n'était pas le même qu'au cinéma : les couleurs étaient beaucoup trop vraies, trop vives, trop naturelles. La proue du navire plongeait dans la vague, on la voyait descendre, puis monter dans une grande gerbe d'écume. Ensuite, la vague soulevait le bateau par l'arrière, la poupe et le pont se montraient pour la première fois, avant de disparaître à la vague suivante quand la proue s'élevait de nouveau. Au même instant, un cahier de devoirs de vacances posé à côté d'Edmund sur le lit s'envola, toutes pages claquant au vent, pour aller se plaquer contre le mur derrière eux, et Lucy sentit tous ses cheveux se rabattre sur son visage comme en un jour de grand vent. C'était bien un jour de grand vent, sauf que la brise qui soufflait sur eux venait de l'intérieur du tableau. Et soudain, en même temps que le souffle, ils perçurent les bruits : le chuintement des vagues, le choc de la mer contre les flancs du bateau, les craquements et, par-dessus tout cela, très fort, le grondement incessant de l'air et de l'eau. Mais ce fut l'odeur, cette odeur sauvage, iodée, qui acheva de persuader Lucy qu'elle ne rêvait pas.

La voix d'Eustache lui parvint, rendue plus aiguë par la peur et la colère :

– Arrêtez ! C'est encore une de vos farces stupides. Arrêtez ! Je le dirai à Alberta… Ouille !

Les deux autres étaient beaucoup plus accoutumés à vivre des aventures et pourtant, juste au moment où Eustache disait « ouille ! », ils firent « ouille ! » eux aussi. Pour la bonne raison qu'une énorme gerbe d'eau froide et salée venait de jaillir du tableau, leur coupant le souffle et les laissant tout trempés.

– Je vais démolir cette saleté ! s'exclama Eustache.

Et là, plusieurs choses se produisirent en même temps.

Eustache se rua vers le tableau. Edmund, qui avait quelque expérience des choses magiques, s'élança pour le retenir, le mettre en garde, l'empêcher de faire l'imbécile. Lucy l'agrippa de l'autre côté et fut ainsi entraînée en avant. Et, à ce moment-là, ou bien ils étaient devenus beaucoup plus petits ou bien le tableau était devenu beaucoup plus grand. Eustache sauta pour tenter de le décrocher du mur, et il se retrouva debout sur le cadre. Pas debout contre le verre, mais face à la mer bien réelle, avec le vent, avec des vagues se jetant sur le cadre comme sur un rocher. Il perdit la tête et s'accrocha aux deux autres qui avaient bondi à ses côtés. Il y eut une seconde de lutte et de cris confus et, juste au moment où ils pensaient avoir retrouvé leur équilibre, une immense vague bleue surgit par le travers, les faucha, leur fit perdre pied et les entraîna dans la mer. Le hurlement désespéré d'Eustache s'éteignit brutalement quand l'eau lui entra dans la bouche.

Lucy remercia sa bonne étoile, car elle avait beaucoup travaillé sa natation au cours du dernier trimestre. Bien sûr, elle s'en serait beaucoup mieux tirée avec des mouvements plus lents. Bien sûr, l'eau était beaucoup plus froide qu'elle n'en donnait l'impression quand ce n'était qu'une image. Pourtant, elle ne perdit pas la tête et se débarrassa de ses chaussures (c'est ce qu'il faut faire si l'on tombe à l'eau tout habillé). Elle garda même les yeux ouverts, et ferma bien la bouche. Ils étaient encore tout près du bateau ; elle vit son flanc

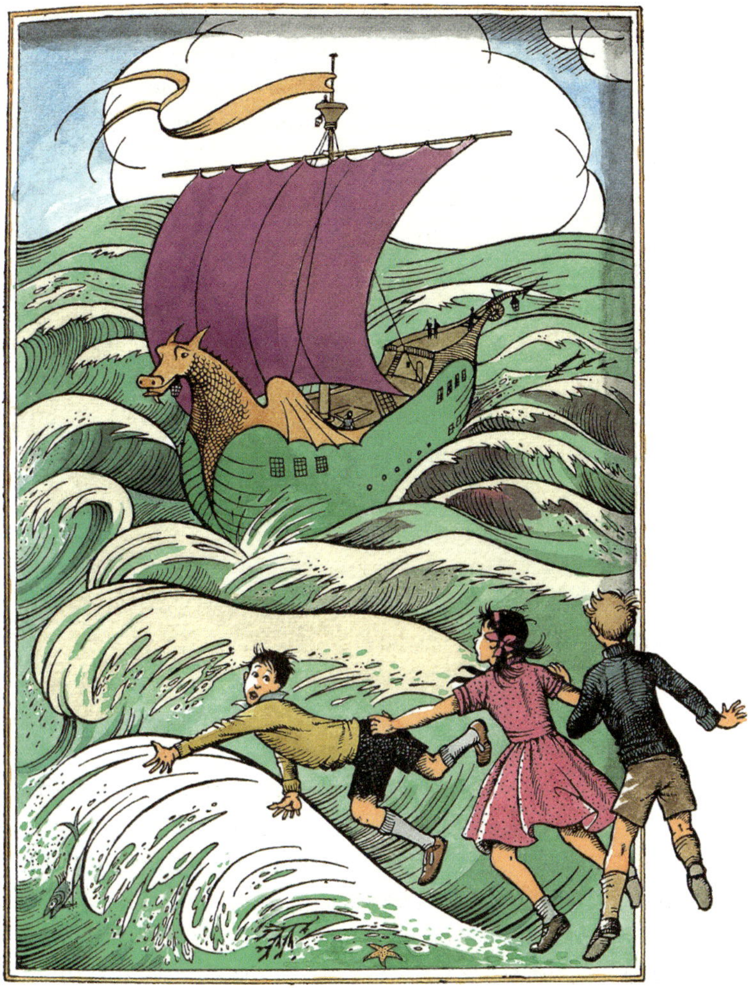

vert qui les surplombait de très haut, et des gens qui les regardaient du pont. Puis, comme il fallait s'y attendre, Eustache, paniqué, s'agrippa à elle et les fit couler tous les deux.

Quand ils refirent surface, elle aperçut une silhouette blanche qui plongeait du bastingage. À côté d'elle, Edmund nageait maintenant sur place en bloquant les bras d'Eustache qui hurlait à la mort. Puis, de l'autre côté, quelqu'un d'autre, dont le visage lui était vaguement familier, glissa un bras sous elle. Il y eut des cris venant du bateau, des têtes se massèrent au-dessus du plat-bord, on lança des cordes. Edmund et l'étranger les enroulèrent autour d'elle. Après, elle eut l'impression d'une attente interminable pendant laquelle son visage bleuit ; ses dents se mirent à claquer. En réalité, cela ne dura pas longtemps, on attendait seulement le moment où elle pourrait être hissée à bord sans se cogner contre le flanc du bateau. En dépit de tous ses efforts, c'est avec un bleu au genou que, grelottante et dégoulinante, elle prit enfin pied sur le pont. Edmund fut hissé derrière elle, puis ce fut le tour de ce pauvre Eustache. En dernier remonta l'étranger, un garçon aux cheveux d'or, de quelques années plus âgé qu'elle.

– Ca… Ca… Caspian ! hoqueta Lucy dès qu'elle eut retrouvé son souffle.

C'était bien lui, en effet, Caspian, l'enfant-roi de Narnia que, lors de leur dernière visite, ils avaient aidé à monter sur le trône. Edmund aussi le reconnut tout de suite. Tous trois échangèrent avec un bel enthousiasme poignées de main et claques dans le dos.

– Mais qui est votre compagnon ? s'enquit presque aussitôt Caspian en adressant à Eustache un sourire chaleureux.

Ce dernier pleurait beaucoup trop pour un garçon de son âge à qui rien de grave n'est arrivé, si ce n'est d'être mouillé, et ne cessait de hurler :

– Laissez-moi m'en aller ! Laissez-moi repartir ! Je n'aime pas ça !

– Vous laisser partir ? s'étonna Caspian. Mais pour aller où ?

Eustache se rua vers le bastingage, comme s'il espérait voir pendre au-dessus de la mer le cadre du tableau, et peut-être entrevoir la chambre de Lucy. Mais il ne vit rien d'autre que le bleu des vagues frangées d'écume et celui, plus pâle, du ciel, tous deux s'étendant sans interruption jusqu'à l'horizon. Peut-être ne peut-on guère lui reprocher d'avoir senti le cœur lui manquer. Très vite, il fut malade.

– Hé ! Rynelf, dit Caspian à l'un des marins. Apporte du vin chaud à Leurs Majestés. Il vous faut un remontant après cette baignade.

Il disait « Leurs Majestés » en parlant d'Edmund et de Lucy qui, avec Peter et Susan, avaient été rois et reines de Narnia longtemps auparavant. Le temps, à Narnia, ne s'écoule pas comme le nôtre. Si vous y passez cent ans, vous reviendrez quand même dans notre monde le même jour et à l'heure exacte à laquelle vous êtes parti. Puis, ensuite, si vous retournez à Narnia après une semaine passée chez vous, vous découvrirez peut-être que mille ans s'y sont écoulés, ou seulement une journée, ou bien pas de temps du tout. Vous ne pouvez pas le savoir avant d'être arrivé là-bas. C'est pourquoi, la dernière fois que les enfants Pevensie étaient venus à Narnia pour leur seconde visite, c'était (pour les Narniens) comme si le roi Arthur était revenu en Angleterre, puisque certains prétendent que cela doit arriver. Et moi, je prétends que le plus tôt sera le mieux.

Rynelf revint avec quatre coupes d'argent, et le vin chaud qui fumait dans une aiguière. C'était exactement ce qu'il leur fallait et, en l'avalant à petites gorgées, Lucy et Edmund sentirent sa douce chaleur descendre jusqu'à leurs orteils. Mais Eustache fit la grimace, le recracha en toussotant, fut de nouveau malade, se remit à pleurer en demandant s'il n'y avait pas des protéines vitaminées Plumptree, si on ne pouvait pas lui en préparer avec de l'eau distillée, tout en réitérant son exigence d'être, de toute façon, descendu à terre au prochain arrêt.

– C'est un joyeux compagnon de voyage que tu nous amènes là, vieux frère, chuchota Caspian à Edmund en gloussant.

Mais, avant qu'il ait pu ajouter un seul mot, Eustache explosait à nouveau :

– Oh ! Pouah ! Qu'est-ce que c'est que ça ? Débarrassez-moi de ce truc horrible !

En fait, on pouvait comprendre, cette fois, qu'il soit un peu surpris. Quelque chose de vraiment très curieux était sorti de la cabine à la poupe et s'approchait d'eux avec lenteur. On aurait pu appeler ça une souris – et en fait c'en était une. Mais là, c'était une souris dressée sur ses pattes de derrière, d'environ soixante centimètres de haut. Passant sous une de ses oreilles et au-dessus de l'autre, une fine bande d'or lui entourait la tête, avec une longue plume cramoisie glissée dedans (comme le poil de la souris était très sombre, presque noir, cet ornement ressortait de façon frappante). La patte avant gauche de l'animal était posée sur la poignée d'une épée presque aussi longue que sa queue, à très peu de chose près. D'un air grave, il s'avançait, avec un équilibre parfait et des manières courtoises, sur le pont qui roulait et tanguait sous lui. Lucy et Edmund le reconnurent aussitôt : Ripitchip, le plus courageux de tous les animaux parlants de Narnia, la souris en chef. Il s'était acquis une gloire éternelle dans la seconde bataille de Beruna. Comme toujours, Lucy avait envie de prendre Ripitchip dans ses bras et de lui faire un câlin. Mais c'était là un plaisir, elle le savait bien, qu'elle ne pourrait jamais se permettre : cela l'aurait profondément offensé. Faute de mieux, elle se pencha et posa un genou sur le pont pour lui parler.

Ripitchip avança sa patte gauche, recula sa patte droite, s'inclina, lui baisa la main, se redressa en se frisant les moustaches et dit de sa voix aiguë, flûtée :

– Mes humbles devoirs à Votre Majesté. Et au roi Edmund aussi (il s'inclina de nouveau). Rien ne manquait à cette glorieuse aventure, hormis la présence de Vos Majestés.

– Pouah ! Enlevez-le, gémit Eustache. Je déteste les souris. Et je n'ai jamais pu supporter les animaux de cirque. C'est bête, vulgaire et… et sentimental.

– Dois-je considérer, dit Ripitchip à Lucy après avoir longuement regardé Eustache, que cette personne singulièrement discourtoise est sous la protection de Votre Majesté ? Parce que, sinon…

À cet instant, Lucy et Edmund éternuèrent tous les deux.

– Que je suis stupide de vous laisser là à attendre dans vos vêtements trempés ! s'exclama Caspian. Venez vous changer en bas. Je te donnerai ma cabine, Lucy, mais j'ai peur que nous n'ayons pas de vêtements féminins à bord. Il faudra que tu te débrouilles avec ce que j'ai. Ouvrez-nous la voie, Ripitchip, en bon compagnon.

– Le bien-être d'une dame, dit la souris, prend le pas même sur une affaire d'honneur... au moins provisoirement...

En disant cela, il posait sur Eustache un regard très dur. Mais Caspian les pressa d'avancer et, quelques minutes plus tard, Lucy franchit le seuil du gaillard d'arrière ouvrant sur la dunette. Elle en tomba tout de suite amoureuse... Les trois fenêtres carrées donnant sur l'eau bleue et ses remous, les trois banquettes basses, couvertes de coussins, qui entouraient la table sur trois côtés, la lampe d'argent qui se balançait au-dessus d'eux (œuvre de nains, elle le devina immédiatement à son exquise délicatesse) et, sur la paroi avant, au-dessus de la porte, le bas-relief en or représentant Aslan, le Lion... Tout cela, elle le nota en un clin d'œil, car déjà Caspian ouvrait une porte à tribord en lui disant :

– Voilà ce qui sera ta chambre, Lucy. Je vais juste prendre quelques affaires sèches pour moi (il fouillait dans un des tiroirs tout en lui parlant) avant de te laisser te changer. Si tu veux bien jeter devant la porte tes vêtements mouillés, je les ferai prendre pour les sécher dans la coquerie.

Lucy se sentit chez elle dans la cabine de Caspian, comme si elle l'avait occupée depuis des semaines. Roulis et tangage ne la dérangeaient pas car autrefois, du temps où elle était reine à Narnia, elle avait beaucoup navigué. Quoique minuscule, la cabine était pimpante avec ses panneaux peints (partout des oiseaux, des bêtes sauvages, des dragons cramoisis et des vignes), et d'une propreté impeccable. Les vêtements de Caspian étaient trop grands pour elle, mais elle put s'en arranger. Sauf pour les chaussures, sandales et autres bottes de marin parce que, là, c'était sans espoir, mais elle n'avait rien contre le fait de circuler pieds nus à bord du bateau. Quand elle eut fini de s'habiller, elle jeta un coup d'œil au-dehors, sur l'eau qui filait derrière eux, et prit une longue et profonde inspiration. Aucun doute, ils étaient partis pour vivre un moment merveilleux.

Chapitre 2
À bord du « Passeur d'Aurore »

– Ah ! te voilà, Lucy, lui dit Caspian. On n'attendait plus que toi. Voici le capitaine de mon bateau, le seigneur Drinian.

Un homme aux cheveux sombres s'inclina, mit un genou à terre et lui baisa la main. En dehors de lui, il n'y avait que Ripitchip et Edmund.

– Où est Eustache ? demanda Lucy.

– Dans son lit, répondit Edmund, et je crois que nous ne pouvons rien pour lui. Quand on essaie d'être gentil, cela le rend encore plus désagréable.

– En attendant, dit Caspian, nous avons à parler.

– Ah ça ! oui, acquiesça le garçon. Et d'abord, du temps qui s'est écoulé. Pour nous, il y a un an que nous t'avons quitté, juste avant ton couronnement. À Narnia, combien de temps cela a-t-il fait ?

– Exactement trois ans.

– Tout va bien là-bas ?

– Tu ne penses quand même pas que j'aurais quitté mon royaume et pris la mer si tout n'allait pas bien, répondit le roi. Cela ne saurait aller mieux. Il n'y a maintenant plus du tout de problèmes entre les Telmarins, les nains, les animaux parlants, les faunes et autres. Quant à ces géants qui nous causaient du souci à la frontière, nous leur avons infligé une telle raclée l'été dernier que, maintenant, ils nous versent tribut. Et j'avais quelqu'un de remarquable à qui laisser la régence pendant mon absence : Trompillon, le nain. Vous souvenez-vous de lui ?

– Ce cher Trompillon, dit Lucy, bien sûr que je m'en souviens ! Tu ne pouvais faire un meilleur choix.

– Loyal comme un chien fidèle, madame, et courageux comme... comme une souris, renchérit Drinian.

Il avait failli dire « comme un lion », mais avait remarqué que Ripitchip avait les yeux fixés sur lui.

– Et quelle est notre destination ? s'enquit Edmund.

– Eh bien, dit Caspian, c'est une histoire plutôt longue. Peut-être vous rappelez-vous que, quand j'étais enfant, mon oncle, l'usurpateur Miraz, s'était débarrassé de sept amis de mon père (susceptibles de prendre mon parti) en les envoyant explorer la partie ignorée de la mer Orientale, au-delà des îles Solitaires.

– Oui, acquiesça Lucy, et aucun d'entre eux n'en est jamais revenu.

– Exact. Eh bien, le jour de mon couronnement, avec l'approbation d'Aslan, j'ai fait le serment que, si je parvenais un jour à rétablir la paix à Narnia, je partirais moi-même en bateau vers l'est pendant un an et un jour pour retrouver les amis de mon père ou, s'ils étaient morts, les venger. Leurs noms étaient : le seigneur Revilian, le seigneur Bern, le seigneur Argoz, le seigneur Mavramorn, le seigneur Octesian, le seigneur Restimar, et… Oh! cet autre dont le nom est si difficile à se rappeler.

— Le seigneur Rhoop, Sire, précisa Drinian.

— Rhoop, Rhoop, bien sûr, reprit Caspian. Voilà mon but principal. Mais Ripitchip, ici présent, nourrit un espoir encore plus haut.

Tous les yeux se tournèrent vers la souris.

— Aussi haut que mon moral, dit-il. À moins qu'il ne soit aussi modeste que ma stature… Pourquoi ne pas aller vers l'est jusqu'à l'extrême limite du monde? Et que pourrions-nous bien y trouver? Je m'attends à y découvrir le pays d'Aslan lui-même. C'est toujours de l'est, par-delà les mers, que le grand Lion vient jusqu'à nous.

— Dites donc, ça, c'est une idée, lâcha Edmund d'un ton impressionné.

— Mais vous pensez, intervint Lucy, que le pays d'Aslan pourrait être un pays de ce genre… je veux dire le genre de pays où l'on pourrait se rendre en bateau?

— Je ne sais pas, madame, répondit Ripitchip. Mais je puis dire ceci: quand j'étais encore au berceau, une femme de la forêt, une dryade, s'est penchée sur moi en disant ces vers:

Là où le ciel et la mer se confondent,
Là où s'adoucissent la houle et l'onde,
Toi, Ripitchip, jamais ne douteras
De trouver ce que tu cherches, là-bas,
Car c'est là l'extrême Orient du monde.

« Je ne sais pas ce que ça veut dire. Mais, toute ma vie, j'ai été obsédé par cette incantation.

Après un bref silence, Lucy demanda :

– Et où nous trouvons-nous maintenant, Caspian ?

– Le capitaine vous le dira mieux que moi, répondit le roi.

Ce qui amena Drinian à sortir sa carte marine et à l'étaler sur la table.

– Voilà notre position, dit-il en y posant le doigt. Enfin, c'était le cas aujourd'hui à midi. Nous avions bon vent en quittant Cair Paravel et avons mis le cap légèrement au nord vers Galma, où nous sommes arrivés le jour suivant. Nous sommes restés au port pendant une semaine, car le duc de Galma avait organisé un grand tournoi pour Sa Majesté, qui a fait mordre la poussière à de nombreux chevaliers…

– … tout en me faisant parfois, moi aussi, sévèrement désarçonner, Drinian, intervint Caspian. J'en ai gardé quelques ecchymoses…

– … mais en faisant mordre la poussière à de nombreux chevaliers, répéta Drinian avec un large sourire. Il nous a semblé que le duc aurait bien aimé que Sa Majesté le roi épouse sa fille, mais cela n'a rien donné…

– Elle a des taches de rousseur et elle louche, signala Caspian.

– Oh ! la pauvre ! dit Lucy.

– Puis nous avons quitté Galma à la voile, poursuivit Drinian, et nous sommes retrouvés dans une zone de calme plat pendant pratiquement deux jours, ce qui nous a contraints à ramer, puis nous avons à nouveau eu du vent et n'avons atteint Térébinthe que quatre jours après notre départ de Galma. Et là, le roi de Térébinthe nous a conseillé de ne pas débarquer, car il y avait une épidémie, mais nous avons doublé le cap et abordé dans une petite crique éloignée de la ville pour nous approvisionner en eau. Nous avons dû y attendre trois jours un vent de sud-est pour mettre le cap sur les Sept-Îles. Au troisième jour de mer, un vaisseau pirate (térébinthien, à en juger par son gréement) nous a rattrapés, mais quand ils nous ont vus bien armés, ils se sont éloignés après quelques échanges de flèches…

– Nous aurions dû leur donner la chasse, les aborder, et les pendre tous sans exception, dit Ripitchip.

– … Et, cinq jours plus tard, nous étions en vue de Muil qui, comme vous le savez, est la plus à l'ouest des Sept-Îles. Puis, nous avons passé les détroits à la rame et sommes arrivés vers le coucher du soleil à Redhaven, sur l'île de Brenn, où nous avons été fêtés de la façon la plus charmante, et pourvus d'eau et de victuailles à volonté. Il y a six jours que nous avons quitté Redhaven, filant merveilleusement vite, si bien que j'espère être en vue des îles Solitaires après-demain. Pour résumer, voici maintenant près de trente jours que nous sommes en mer et nous avons parcouru plus de quatre cents lieues depuis Narnia.

– Et après les îles Solitaires ? s'enquit Lucy.

– Personne ne sait ce que nous trouverons, Majesté, lui répondit Drinian. À moins que les habitants des îles Solitaires ne puissent nous le dire eux-mêmes.

– De notre temps, ils ne savaient pas, dit Edmund.

– Alors, dit Ripitchip, c'est après les îles Solitaires que commence vraiment l'aventure.

Caspian leur demanda s'ils aimeraient faire le tour du bateau avant le dîner mais Lucy, taraudée par sa mauvaise conscience, leur dit :

– Je crois que je devrais vraiment aller voir Eustache. Le mal de mer, c'est horrible, vous savez. Si j'avais avec moi mon vieux cordial, je pourrais le guérir.

– Mais tu l'as, lui répondit Caspian. J'avais complètement oublié. Tu l'avais laissé en partant, alors j'ai pensé qu'on pouvait le considérer comme un des trésors de la Couronne, aussi l'ai-je emporté… Si tu penses devoir en gaspiller pour une petite chose comme le mal de mer…

– Il ne m'en faudra qu'une goutte, dit-elle.

Caspian ouvrit l'un des casiers sous la banquette et en sortit le magnifique petit flacon de diamant dont Lucy se souvenait si bien.

– Reine, reprends ton bien, lui dit-il.

Quittant alors la dunette, ils sortirent dans le soleil couchant.

Deux écoutilles longues et larges, en avant et en arrière du mât, étaient découpées dans le plancher du pont et toutes deux ouvertes, comme toujours par beau temps, pour laisser l'air et la lumière entrer dans le ventre du bateau. Caspian les fit descendre par une échelle dans l'écoutille arrière. Là, ils se trouvèrent dans un endroit que traversaient de part en part des bancs pour les rameurs et où la lumière qui pénétrait par les trous des rames dansait au plafond. Bien sûr, le vaisseau de Caspian n'avait rien de cette chose horrible qu'est une galère mue par des esclaves. On n'avait recours aux rames que lorsque le vent tombait, ou bien pour entrer ou sortir du port, et chacun d'eux (sauf Ripitchip dont les pattes étaient trop courtes) avait souvent eu l'occasion d'y prendre son tour. Sur les côtés, on avait laissé un espace libre sous les bancs pour les pieds des rameurs mais, au centre, sur toute la longueur, une sorte de fosse descendait jusqu'à la quille elle-même et on l'avait remplie de toutes sortes de choses : des sacs de farine, des tonneaux d'eau et de bière, des barils de viande de porc, des bocaux de miel, des outres de vin, des pommes, des noix, des fromages, des biscuits, des navets, des flèches de lard. Du plafond – c'est-à-dire du dessous du pont – pendaient des jambons et des guirlandes d'oignons et aussi, dans leurs hamacs, les hommes qui n'étaient pas de quart. Caspian les entraîna vers l'arrière, en passant de banc en banc. Enfin, pour lui c'étaient des pas, pour Lucy quelque chose entre un pas et un bond, et pour Ripitchip un saut considérable. Ils parvinrent de cette façon à une paroi de séparation percée d'une porte. Caspian ouvrit la porte et les fit entrer dans une cabine qui occupait tout l'espace sous le gaillard d'arrière et les cabines de la poupe. Ce n'était pas très séduisant, bien sûr. C'était très bas de plafond et, vers le sol, les flancs incurvés se rapprochaient à tel point qu'il n'y avait pratiquement pas de plancher ; les fenêtres aux vitres épaisses n'étaient pas faites pour s'ouvrir car elles se trouvaient sous l'eau. En fait, à ce moment précis, du fait du tangage du bateau, elles étaient alternativement dorées par le soleil et colorées d'un vert éteint par la mer.

– Toi et moi devrons loger ici, Edmund, dit Caspian. Nous allons laisser la couchette à ton parent et suspendre des hamacs pour nous.

– Je supplie Votre Majesté… s'empressa Drinian.

– Non, non, mon compagnon, nous avons déjà discuté de tout cela. Rhince et toi (Rhince était le second), vous faites marcher ce bateau. Vous serez accaparés par mille soucis et tâches diverses pendant toutes ces nuits où nous n'aurons rien d'autre à faire que chanter en canon ou nous raconter des histoires, c'est pourquoi, lui et toi, vous devez avoir la cabine bâbord au-dessus. Le roi Edmund et moi pourrons très bien nous reposer ici, en bas. Mais comment se porte l'étranger ?

Eustache, dont le visage était vert foncé, demanda d'un air renfrogné si quelque signe permettait de dire que la tempête allait se calmer. Mais Caspian lui répondit :

– Quelle tempête ?

Et Drinian éclata de rire.

– Une tempête, mon jeune maître ? Nous avons là le temps le plus beau qu'on puisse souhaiter.

– Qu'est-ce que c'est que celui-là ? s'enquit le garçon d'un ton irrité. Renvoyez-le. Sa voix me transperce la tête.

– Je t'ai apporté quelque chose qui te fera du bien, Eustache, lui dit Lucy.

– Oh ! va-t'en et laisse-moi tranquille, gronda-t-il.

Mais il prit une goutte de son flacon, et bien qu'il déclarât que c'était un truc répugnant (quand Lucy l'avait ouvert, un parfum délicieux avait empli la cabine), son visage reprit indéniablement une couleur normale quelques instants après, et il dut se sentir mieux car, au lieu de gémir à propos de sa tête et de la tempête, il commença à exiger d'être débarqué et annonça qu'au prochain port il déposerait une assignation contre eux tous auprès du consul britannique. Et quand Ripitchip demanda ce que c'était qu'une assignation et comment cela se déposait (Ripitchip pensait que c'était quelque nouvelle façon d'arranger un combat singulier), Eustache ne put que lui répondre :

– Tout le monde sait ça !

Ils parvinrent finalement à le convaincre qu'ils étaient déjà en train de cingler aussi vite que possible vers la plus proche des terres connues, et qu'ils n'avaient pas plus le pouvoir de le renvoyer à Cambridge – où vivait l'oncle Harold – que de l'expédier sur la lune. Après quoi, il consentit à contrecœur à mettre les vêtements propres qu'on avait sortis pour lui et à venir sur le pont.

Caspian entreprit alors de leur faire visiter le bateau, dont, en fait, ils avaient déjà vu la plus grande part. Ils montèrent sur le gaillard d'avant et virent l'homme de vigie qui se tenait dans un petit abri à l'intérieur du cou doré du dragon, pour regarder à travers sa gueule ouverte. Là se trouvaient la coquerie (la cuisine du bateau) et aussi les quartiers du maître d'équipage, du charpentier, du cuisinier et du maître archer. Si vous trouvez bizarre de mettre la coquerie à l'avant et que vous imaginiez la fumée de sa cheminée filant vers l'arrière en empuantissant tout le bateau, c'est parce que vous pensez aux bateaux à vapeur qui ont toujours le vent dans le nez. Sur un bateau à voiles, le vent vient de l'arrière, et tout ce qui peut sentir mauvais est placé aussi loin vers l'avant que possible. On les fit monter tout en haut du grand mât, dans le poste de vigie, et au début c'était plutôt inquiétant d'y être balancé d'avant en arrière et de voir le pont paraître si petit, très loin en dessous. On se rendait compte que, si l'on tombait, il n'y avait pas de raison particulière pour que ce soit sur le pont plutôt que dans la mer. Puis on les emmena à la poupe où Rhince, qui tenait l'énorme barre, était de quart avec un autre homme, et derrière eux on voyait s'élever la queue du dragon, entièrement dorée, à l'intérieur de laquelle courait une petite banquette arrondie.

Le nom du bateau était *Passeur d'Aurore*. Ce n'était qu'une petite chose en comparaison d'un de nos paquebots, ou même des goélettes, trois-mâts, caraques et autres galions que Narnia avait possédés quand Lucy et Edmund y avaient régné sous Peter le Magnifique, car presque toute navigation avait disparu sous le règne des ancêtres de Caspian. Quand son oncle, Miraz l'usurpateur, avait envoyé en mer les sept seigneurs, il leur avait fallu acheter un navire galmien et recruter un équipage du même pays. Mais maintenant, Caspian avait entrepris de refaire des Narniens des gens de mer, et le *Passeur d'Aurore* était le plus beau bateau qu'il ait construit jusqu'alors. Il était si petit que, en avant du mât, il n'y avait presque pas de surface de pont entre l'écoutille centrale et, d'un côté, la chaloupe, de l'autre, le poulailler (Lucy donna à manger aux poules). Mais dans son genre, c'était une beauté, une « dame » comme disent les marins, avec des lignes parfaites, des couleurs pures, et le moindre espar, la moindre corde, la moindre goupille avaient été fabriqués avec amour.

Bien sûr, Eustache ne trouva rien à son goût et continua à vanter les paquebots de ligne, la navigation à moteur, les avions et les sous-marins (« Comme s'il y connaissait quoi que ce soit, lui », murmura Edmund), mais les deux autres furent enchantés du *Passeur d'Aurore* et quand, s'en retournant au gaillard d'arrière pour le dîner, ils virent un immense coucher de soleil cramoisi embraser tout le ciel à l'ouest, qu'ils sentirent le frémissement du bateau, goûtèrent le sel sur leurs lèvres, et pensèrent à des terres inconnues sur le bord oriental du monde, Lucy se sentit presque trop heureuse pour parler.

Ce qu'Eustache pensait, lui, gagne à être dit avec ses propres mots car, quand chacun récupéra ses vêtements secs, le lendemain matin, il sortit tout de suite un petit carnet noir et un crayon et commença à tenir un journal. Il avait toujours sur lui ce carnet où il gardait trace de ses notes en classe car lui, qui ne s'intéressait guère à aucune matière en tant que telle, se souciait au plus haut point des notations et disait à qui voulait l'entendre : « J'ai eu tant. Et toi ? »

Mais comme il ne semblait pas parti pour obtenir beaucoup de bonnes notes sur le *Passeur d'Aurore*, il se mit à rédiger son journal. Voici ce qu'il écrivit pour commencer :

7 août.
Si je ne rêve pas, cela fait maintenant vingt-quatre heures que je suis sur cet affreux bateau. Pendant tout ce temps, une tempête effroyable a fait rage (encore heureux que je

n'aie pas le mal de mer). D'énormes vagues continuent à déferler sur nous par l'avant et, je ne sais combien de fois, j'ai vu le bateau sur le point de couler. Tous les autres prétendent ne rien remarquer, soit par forfanterie, soit parce que, comme le dit Harold, un des comportements les plus lâches des gens ordinaires est de fermer les yeux sur les faits. C'est pure folie que de sortir en mer sur une misérable petite chose comme celle-ci, pas beaucoup plus grande qu'un bateau de sauvetage. Et, bien sûr, d'un aménagement intérieur absolument primitif. Pas de salon à proprement parler, pas de radio, pas de salle de bains, pas de chaises longues sur le pont. On m'y a traîné de long en large hier soir et n'importe qui serait écœuré d'entendre Caspian vanter son drôle de petit bateau-jouet comme s'il s'agissait du Queen Mary. J'ai essayé de lui dire à quoi ressemblaient les vrais bateaux, mais il est trop bouché. E. et L., bien sûr, ne m'ont pas soutenu. Je suppose qu'une enfant comme L. ne se rend pas compte du danger, et E. caresse C. dans le sens du poil, comme tout le monde ici. Ils prétendent que c'est un roi. J'ai dit que j'étais républicain, et il m'a demandé ce que cela signifiait ! Il a l'air de ne rien savoir du tout. Inutile de dire qu'on m'a mis dans la pire cabine du bateau, un vrai donjon, et qu'on a donné à L. toute une chambre pour elle seule sur le pont, une chambre presque belle en comparaison du reste. C. explique qu'elle y a droit parce que c'est une fille. J'ai tenté de lui faire comprendre que, comme le dit Alberta, toutes ces sortes de choses ne font en réalité que rabaisser les filles, mais il est trop obtus. Pourtant, il pourrait bien voir que je vais être malade si on me maintient dans ce trou plus longtemps. E. me dit que nous ne devons pas nous plaindre, *puisque C. lui-même le partage avec nous pour laisser de la place à L. Comme si, de ce fait, nous n'étions pas encore plus entassés, ce qui aggrave les choses. J'allais oublier de dire qu'il y a aussi une sorte de machin, une souris qui terrifie tout le monde avec son effronterie. Les autres peuvent bien s'en arranger si ça leur plaît mais je lui tordrai la queue à la première occasion si elle s'y risque avec moi. Pour tout arranger, la nourriture est effroyable.*

Le conflit entre Eustache et Ripitchip éclata plus tôt encore qu'on n'aurait pu s'y attendre. Le lendemain, avant le dîner, alors que les autres, déjà assis autour de la table, attendaient les plats, Eustache fit irruption en courant et en hurlant :

– Cette petite bête sauvage a failli me tuer ! J'exige qu'on la mette sous bonne garde. Je pourrais vous intenter un procès, Caspian. Je pourrais vous ordonner de la faire détruire.

À ce moment, Ripitchip apparut. Son épée était dégainée et ses moustaches lui donnaient un air farouche, mais il était aussi poli que d'habitude.

– Je vous prie tous, et spécialement Sa Majesté la reine, de bien vouloir me pardonner. Si j'avais su qu'il allait se réfugier ici, j'aurais attendu un moment plus propice pour lui administrer la correction qu'il mérite.

– De quoi diable s'agit-il ? interrogea Edmund.

Voici ce qui s'était réellement passé. Ripitchip, qui trouvait que le bateau n'allait jamais assez vite, adorait s'asseoir sur le bastingage, tout à l'avant, juste à côté de la tête du dragon, les yeux fixés sur l'horizon à l'est, en

fredonnant de sa petite voix gazouillante la chanson que la dryade avait créée pour lui. Quel que soit le tangage du bateau, il n'éprouvait pas le besoin de se tenir et gardait son équilibre avec une parfaite aisance. Peut-être sa longue queue, qui pendait à l'intérieur, lui facilitait-elle les choses. Tout le monde à bord était accoutumé à le voir là, et les marins l'aimaient bien car, quand on était de vigie, cela faisait quelqu'un à qui parler. Pour quelle raison exactement Eustache avait-il, en dérapant, culbutant et trébuchant, traversé tout le bateau jusqu'au gaillard d'avant, je ne l'ai jamais su. Peut-être espérait-il voir la terre, peut-être voulait-il aller musarder dans la coquerie pour se faire offrir quelque chose. En tout cas, dès qu'il aperçut cette longue queue qui pendait – et peut-être était-ce assez tentant, en effet –, il se dit que ce serait délicieux de la saisir, de faire tournoyer Ripitchip une fois ou deux la tête en bas, puis de se sauver en courant pour aller en rire plus loin. Au début, le plan parut fonctionner à merveille. La souris n'était pas beaucoup plus lourde qu'un très gros chat. Eustache la fit tomber du bastingage en un clin d'œil, et elle avait l'air bien bête (pensa Eustache), les quatre fers en l'air et la bouche ouverte. Mais, malheureusement pour Eustache, Ripitchip avait eu plus d'une fois à combattre pour sa vie et pas un seul instant il ne perdit la tête. Ni son agilité. Ce n'est pas facile de dégainer son épée quand on virevolte, tenu par la queue, mais il y parvint. Eustache ressentit deux piqûres à la main si abominablement douloureuses qu'elles lui firent lâcher prise. Juste après, il vit que la souris était retombée sur ses pattes comme une balle rebondissant sur le pont, qu'elle était là, lui faisant face, et qu'une horrible chose, longue, brillante, tranchante comme un rasoir, fouettait l'air en tous sens à quelques centimètres de son ventre (ce qui, à Narnia, ne compte pas comme un coup en dessous de la ceinture pour les souris car on peut difficilement leur demander de frapper plus haut).

– Arrête, bafouilla Eustache, va-t'en ! Enlève ce truc de là. C'est dangereux. Arrête, j'ai dit ! Je te dénoncerai à Caspian. Je te ferai museler et ligoter.

– Pourquoi ne dégainez-vous pas votre épée, poltron ? couina la souris. Dégainez et battez-vous, ou je vais vous rouer de coups avec le plat de ma lame.

– Je n'en ai pas. Je suis pacifiste. Je ne crois pas aux combats.

– Dois-je comprendre, demanda Ripitchip d'un ton sévère en ramenant un instant son épée en arrière, que vous n'avez pas l'intention de me donner satisfaction ?

– Je ne sais pas ce que tu veux dire, dit le garçon en se tenant la main. Si tu ne comprends pas la plaisanterie, je n'ai rien à faire de toi.

– Alors, prenez ça et ça et ça… pour vous apprendre les bonnes manières… et le respect dû à un chevalier… et à une souris… et à la queue d'une souris…

Et il ponctuait chaque mot d'un coup donné avec le plat de sa rapière, qui était fine, superbe, d'un acier trempé par les nains, aussi souple et efficace qu'une baguette de bouleau. Le garçon était, bien sûr, dans une école où l'on proscrivait les châtiments corporels, cette sensation était donc toute nouvelle pour lui. C'est pourquoi, bien qu'il n'eût pas le pied marin, il lui fallut moins d'une minute pour quitter le gaillard d'avant, couvrir toute la longueur du bateau et faire irruption à la porte de la dunette… sans cesser de sentir dans son dos un Ripitchip qui brûlait le pont à sa poursuite. En fait, Eustache avait l'impression que la rapière était aussi brûlante que la poursuite. À en juger par ce qu'il ressentait, elle aurait bien pu avoir été chauffée au rouge.

Tout s'arrangea sans problème, une fois qu'il eut compris que tout le monde prenait au sérieux l'idée d'un duel, qu'il eut entendu Caspian proposer de lui prêter une épée, Drinian et Edmund discuter pour savoir s'il convenait qu'il ait un quelconque handicap pour compenser sa considérable différence de taille avec Ripitchip. Il présenta ses excuses d'un air boudeur, sortit avec Lucy pour se faire laver et bander la main, puis gagna sa couchette. Il fit bien attention à se coucher sur le côté.

Chapitre 3
Les îles Solitaires

– Terre en vue ! cria la vigie.

Lucy, qui bavardait avec Rhince sur le gaillard d'arrière, dévala l'échelle et courut vers l'avant. En chemin, elle fut rejointe par Edmund, et ils retrouvèrent à la proue Caspian, Drinian et Ripitchip, qui les avaient précédés. C'était un matin frileux, avec un ciel très pâle, une mer d'un bleu vraiment très soutenu, coiffée de petites touffes d'écume blanche et là, à faible distance sur tribord, on voyait la plus proche des îles Solitaires, Felimath, telle une colline basse et verdoyante émergeant de la mer avec, derrière elle, les pentes grises de sa sœur jumelle, Doorn.

– Cette chère vieille Felimath ! Cette chère vieille Doorn ! s'exclama Lucy en battant des mains. Oh ! Edmund, cela fait si longtemps que toi et moi les avons vues pour la dernière fois !

– Je n'ai jamais compris comment il se fait qu'elles appartiennent à Narnia, dit Caspian. Est-ce que Peter le Magnifique les avait conquises ?

— Oh non ! répondit Edmund. Elles étaient narniennes bien avant nous… Du temps de la Sorcière Blanche.

(Au fait, on ne m'a jamais dit comment ces îles éloignées avaient été rattachées à la couronne de Narnia ; si jamais je viens à l'apprendre, et si l'histoire est un tant soit peu intéressante, je pourrais bien la raconter dans un autre livre.)

— Sire, allons-nous jeter l'ancre ici ? s'enquit Drinian.

— Je ne suis pas convaincu que ce serait bien intéressant de débarquer à Felimath, fit remarquer Edmund. De notre temps, elle était pratiquement inhabitée, et elle m'a l'air d'être toujours aussi calme. Les gens habitaient surtout Doorn et un petit peu Avra… la troisième île, qu'on ne voit pas d'ici. Sur Felimath, il n'y avait que leurs troupeaux de moutons.

— Alors, il nous faudra doubler ce cap, je suppose, dit

Drinian, et débarquer à Doorn. Autrement dit, il va falloir ramer.

– Je regrette que nous n'accostions pas à Felimath, intervint Lucy. J'aurais bien aimé fouler cette terre à nouveau. C'était si solitaire… Mais d'une solitude sympathique, avec toute cette herbe parsemée de trèfles, et la douceur de l'air marin.

– Moi aussi, j'aurais bien aimé me dégourdir les jambes, renchérit Caspian. Dites, pourquoi est-ce que nous n'irions pas à terre avec la chaloupe, que l'on renverrait avant de traverser à pied Felimath et de nous faire reprendre par le *Passeur d'Aurore* de l'autre côté ?

Si Caspian avait eu alors toute l'expérience que ce voyage devait lui apporter, il n'aurait pas fait cette suggestion mais, sur le moment, cela parut une excellente idée.

– Oh oui, faisons ainsi ! dit Lucy.

– Vous venez avec nous, n'est-ce pas ? demanda Caspian à Eustache qui, la main bandée, était monté sur le pont.

– Tout plutôt que de rester sur ce bateau pourri.

– Pourri ? s'étonna Drinian. Que voulez-vous dire ?

– Dans un pays civilisé comme celui d'où je viens, répondit Eustache, les bateaux sont si grands que, quand on est à l'intérieur, on pourrait oublier qu'on est en mer.

– Dans ce cas, autant rester à terre, dit Caspian. Voulez-vous leur demander de descendre la chaloupe, Drinian ?

Le roi, la souris, les deux Pevensie et Eustache s'embarquèrent tous dans la chaloupe qui les déposa sur la plage de Felimath. Une fois que le canot les eut laissés pour rentrer à la rame, ils se retournèrent et promenèrent leur regard autour d'eux. Ils ne s'attendaient pas à ce que le *Passeur d'Aurore* leur parût si petit.

Lucy était pieds nus, bien sûr, puisqu'elle s'était débarrassée de ses chaussures pour pouvoir nager, mais cela n'était pas gênant pour marcher sur une herbe rase. C'était exquis d'être à nouveau sur le rivage, de sentir cette odeur de terre et d'herbage, même si au début ils avaient l'impression que le sol tanguait et roulait comme un bateau, ce que l'on ressent pendant un moment après avoir été en mer. Il faisait bien meilleur qu'à bord et Lucy avait trouvé le sable agréable sous ses pieds en traversant la plage. Un merle chantait.

Ils s'enfoncèrent dans les terres en gravissant une colline basse, mais assez escarpée. En arrivant en haut, bien sûr, ils se retournèrent et virent le *Passeur d'Aurore* étinceler comme un gros insecte brillant qui avançait lentement vers le nord-ouest à force de rames. Puis ils le perdirent de vue en franchissant la crête.

Doorn était désormais devant eux, séparée de Felimath par un chenal large d'environ un mille marin ; par-delà, et sur la gauche, il y avait Avra. Sur Doorn, on voyait bien la petite ville blanche de Narrowhaven.

– Holà ! Qu'est-ce que c'est que ça ? s'étonna soudain Edmund.

Dans la verte vallée vers laquelle ils descendaient, six ou sept hommes à l'air farouche, tous armés, étaient assis au pied d'un arbre.

– Ne leur dites pas qui nous sommes, recommanda Caspian.

– Et de grâce, Votre Majesté, pourquoi donc ? s'étonna Ripitchip, qui avait condescendu à se laisser transporter sur l'épaule de Lucy.

– J'en viens soudain à penser que personne ici, peut-être, n'a entendu parler de Narnia depuis longtemps. Il est possible, tout simplement, qu'ils ne reconnaissent plus notre suzeraineté. Auquel cas, il pourrait être quelque peu dangereux d'être reconnu comme le roi.

– Sire, nous avons nos épées, dit Ripitchip.

– Oui, Rip, je sais bien que nous les avons. Mais, s'il s'agit de reconquérir les trois îles, je préférerais revenir avec une armée un peu plus importante.

Entre-temps, ils étaient arrivés tout près des étrangers ; l'un d'eux, un grand gaillard aux cheveux bruns, leur cria :

– Bonne matinée à vous !

– Bonne matinée à vous aussi, répondit Caspian. Existe-t-il toujours un gouverneur des îles Solitaires ?

– Pour sûr qu'il y en a un, le gouverneur Gumpas. Sa Suffisance est à Narrowhaven. Mais vous avez bien le temps de prendre un verre avec nous.

Caspian le remercia, bien que ni lui ni les autres n'apprécient guère l'allure de ces nouveaux amis, et ils s'assirent tous. Mais à peine avaient-ils porté leurs verres à leurs lèvres que l'homme aux cheveux noirs fit un signe de tête à ses compagnons et, avec la rapidité de l'éclair, les cinq visiteurs se retrouvèrent ceinturés par des bras vigoureux. Il y eut un moment de lutte, mais tous les atouts étaient du même côté, et chacun d'eux se retrouva bientôt désarmé, les mains liées derrière le dos... sauf Ripitchip, qui se tortillait dans la main de son ravisseur en le mordant avec fureur.

– Fais attention à cet animal, Tacks, dit le chef. Ne l'abîme pas. Il ferait le meilleur prix du lot que je n'en serais pas étonné.

– Couard ! Poltron ! couina la souris. Donne-moi mon épée et lâche mes pattes si tu l'oses !

– Waouh ! siffla le marchand d'esclaves (car c'en était un). Il parle ! Ça par exemple ! Je veux bien être pendu si j'en tire moins de deux cents croissants.

Le croissant calormène, qui est la monnaie principale de ces régions, vaut environ un tiers de livre.

– Alors, voilà ce que vous êtes, dit Caspian. Un kidnappeur et un esclavagiste. J'espère que vous en êtes fier.

– Minute, minute, répondit l'homme. Ne commencez pas à me faire un sermon. Mieux vous prendrez les choses, mieux ce sera pour tout le monde, vous entendez ? Je ne fais pas ça pour m'amuser, je dois gagner ma vie comme tout un chacun.

– Où nous emmenez-vous ? demanda Lucy, qui s'arrachait chaque mot avec difficulté.

– En face, à Narrowhaven, répondit le marchand d'esclaves. Demain, c'est jour de marché.

– Est-ce qu'il y a un consul britannique là-bas ?

– Est-ce qu'il y a un quoi ?

Mais bien avant qu'Eustache ait renoncé à essayer de lui expliquer, l'homme dit froidement :

– Bon, j'en ai assez de ce bafouilleur. La souris est une belle prise, mais celui-là, c'est un vrai moulin à paroles. On y va, les gars.

Les quatre prisonniers humains furent ligotés ensemble, sans cruauté inutile mais fermement, et contraints à descendre en procession jusqu'au rivage.

Ripitchip était porté. Il avait cessé de mordre quand on avait menacé de le museler, mais il avait beaucoup à dire, et Lucy se demandait vraiment comment aucun homme au monde pouvait supporter de s'entendre dire tout ce que la souris débitait au marchand d'esclaves. Mais, loin de protester, celui-ci se contentait de dire : « Vas-y, continue ! » chaque fois que Ripitchip s'arrêtait pour reprendre son souffle, en ajoutant à l'occasion : « C'est aussi bien qu'au théâtre ! », ou encore « Bon sang, pour un peu, tu pourrais pas t'empêcher de penser qu'il sait ce qu'il dit ! », ou enfin « C'est l'un de vous autres qui l'a dressé ? » Cela mettait Ripitchip dans un tel état de fureur que, à la fin, quasiment étouffé par tout ce qu'il avait envie de dire en même temps, il se tut.

Quand ils arrivèrent au rivage qui faisait face à Doorn, ils virent un petit village, une chaloupe sur la plage et, mouillé un peu plus au large, un bateau sale et mal entretenu.

– Maintenant, jeunes gens, dit le marchand d'esclaves, ne nous faites pas d'histoires et vous n'aurez aucune raison de pleurer. Tous à bord.

À cet instant, un homme barbu de fière allure sortit de l'une des maisons (une auberge, je crois), et lui dit :

– Eh bien, Pug, encore de votre marchandise habituelle ?

Le marchand d'esclaves, qui devait donc s'appeler Pug, s'inclina bien bas et répondit d'une voix enjôleuse :

– Pour vous servir, Votre Seigneurie.

– Combien voulez-vous pour ce jeune garçon ? demanda l'autre en montrant Caspian du doigt.

– Ah ! soupira Pug, je savais bien que Votre Seigneurie repérerait le meilleur. Pas question de tromper Votre Seigneurie avec du second choix. Ce jeune garçon, voyez-vous, je m'en suis moi-même entiché, en quelque sorte. Un peu toqué de lui, voilà ce que je suis devenu. J'ai le cœur si tendre que je n'aurais jamais dû choisir ce métier. Et pourtant, pour un client comme Votre Seigneurie…

– Dis-moi ton prix, charogne, l'interrompit sévèrement le seigneur. Crois-tu que j'aie envie d'écouter le boniment de ton répugnant commerce ?

– Pour Votre Honorable Seigneurie, trois cents croissants, mais pour qui que ce soit d'autre…

– Je vais t'en donner cent cinquante.

– Oh ! s'interposa Lucy, s'il vous plaît, s'il vous plaît. Quoi que vous fassiez, ne nous séparez pas. Vous ne savez pas…

Mais elle s'arrêta en comprenant que Caspian ne voulait pas, même maintenant, être reconnu.

– Alors, cent cinquante, reprit le seigneur. Quant à vous, petite jeune fille, je suis désolé de ne pas pouvoir vous racheter tous. Détache mon garçon, Pug. Et écoute-moi bien… Traite convenablement les autres, là, tant qu'ils sont entre tes mains, ou alors c'est toi qui en pâtiras le plus.

– Allons ! Dites, a-t-on jamais entendu parler d'un marchand qui soigne son stock mieux que moi ? Alors ? Enfin, quoi, je les traite comme mes propres enfants.

– Ça ne semble que trop vrai, répondit le seigneur tristement.

Le moment le plus terrible était arrivé. Caspian fut détaché et son nouveau maître lui dit :

– Par ici, mon garçon.

Lucy fondit en larmes, Edmund blêmit. Mais Caspian leur dit, en leur jetant un regard par-dessus son épaule :

– Haut les cœurs ! Je suis sûr que tout finira par s'arranger. À bientôt.

– Allons, ma petite demoiselle, dit Pug. Commencez pas à vous en faire, ça vous brouillerait le teint pour le marché de demain. Tâchez donc d'être gentille et vous aurez pas de quoi pleurer, vous entendez ?

On les emmena ensuite en chaloupe jusqu'au bateau. Là, on les fit descendre dans un entrepont tout en longueur, plutôt sombre, pas très propre, où ils retrouvèrent beaucoup d'autres malheureux prisonniers. Car Pug, un pirate, bien sûr, rentrait juste des îles où il avait capturé tout ce qu'il pouvait. Les enfants ne rencontrèrent personne de leur connaissance, la plupart des prisonniers étant galmiens ou térébinthiens. Ils restèrent assis sur la paille en se demandant ce qui pouvait bien arriver à Caspian, et en essayant de faire taire Eustache qui ne cessait pas de parler de ce qui s'était passé comme si tout le monde, sauf lui-même, en était responsable.

Pendant ce temps, Caspian passait un moment beaucoup plus intéressant. L'homme qui l'avait acheté le fit passer par une petite venelle, entre deux maisons, qui débouchait sur un espace découvert à l'extérieur du village. Là, il se retourna vers lui.

– Vous n'avez pas de raison d'avoir peur de moi, mon garçon. Je vais bien vous traiter. Je vous ai acheté en raison de votre visage. Vous me rappeliez quelqu'un.

– Puis-je vous demander qui, mon seigneur ?

– Vous me rappelez mon maître, le roi Caspian de Narnia.

Alors, le jeune souverain décida de risquer le tout pour le tout :

– Mon cher seigneur, lui dit-il. Je suis votre maître. Je suis Caspian, roi de Narnia.

– Vous me la baillez belle. Comment pourrais-je savoir si c'est vrai ?

– D'abord par mon visage. Et ensuite parce que je sais qui vous êtes, enfin, je le devine. Vous êtes l'un de ces sept seigneurs de Narnia que mon oncle Miraz a envoyés en mer et que je suis venu rechercher… Argoz, Bern, Octesian, Restimar, Mavramorn ou encore… ou encore… j'ai oublié les autres. Et, pour finir, si Votre Seigneurie veut bien me donner une épée, je prouverai contre quiconque que je suis Caspian, le fils de Caspian, roi légitime de Narnia, seigneur de Cair Paravel, empereur des îles Solitaires.

– Juste ciel ! s'exclama l'homme. La voix même de son père et sa façon de parler ! Sire… Votre Majesté…

Il mit un genou en terre pour baiser la main du roi.

– L'argent que Votre Seigneurie a déboursé pour notre personne vous sera remboursé sur notre cassette personnelle, précisa Caspian.

– Il n'est pas encore dans la bourse de Pug, Majesté. Et il n'y sera jamais, faites-moi confiance, dit le seigneur

Bern (car c'était lui). Cent fois, j'ai cherché à convaincre Sa Suffisance le gouverneur de réprimer ce vil trafic de chair humaine.

– Mon cher seigneur Bern, il faut que nous parlions de la situation dans ces îles. Mais d'abord, qu'est-il arrivé personnellement à Votre Seigneurie ?

– C'est une histoire assez brève, Sire. Je suis venu jusqu'ici avec mes six compagnons, j'ai aimé une fille des îles, et j'ai trouvé que j'avais vu assez de mer comme ça. Il était inutile de retourner à Narnia tant que l'oncle de Votre Majesté détenait le pouvoir. Aussi me suis-je marié, et je vis ici depuis lors.

– Et à quoi ressemble ce gouverneur, ce Gumpas ? Est-ce qu'il reconnaît encore le roi de Narnia comme son suzerain ?

– En paroles, oui. Tout est fait au nom du roi. Mais il ne serait pas enchanté de voir un vrai roi de Narnia, bien vivant, se manifester. Et si Votre Majesté se présentait à lui seule et désarmée… enfin, il ne renierait pas son allégeance, mais il ferait semblant de ne pas vous croire. La vie de Votre Grâce serait en danger. De quel soutien dispose Votre Majesté dans ces eaux ?

– Mon vaisseau est en train de doubler le cap, répondit Caspian. Nous sommes environ trente épées pour le cas où l'on devrait se battre. Ne devrions-nous pas faire venir mon bateau, fondre sur Pug et libérer mes amis qu'il retient prisonniers ?

– Pas si vous m'en croyez, dit Bern. S'il y a combat, deux ou trois navires quitteront Narrowhaven pour venir au secours de Pug. Votre Majesté doit opérer en faisant étalage de plus de forces qu'elle n'en a en réalité, et en jouant sur l'effroi provoqué par le nom du roi. Il faut éviter d'en venir à un combat ouvert. Gumpas est un homme pusillanime que l'on peut terroriser.

Après avoir discuté encore un peu, Caspian et Bern descendirent jusqu'à la côte, un peu à l'ouest du village, et Caspian sonna du cor (ce n'était pas le grand cor magique de Narnia, le cor de la reine Susan : celui-ci, il l'avait laissé au pays pour que son régent Trompillon s'en serve si quelque grand péril frappait le royaume en l'absence du roi). Drinian, qui guettait un signal, reconnut tout de suite le cor royal, et jeta l'ancre pour accoster. On remit la chaloupe à la mer et, quelques instants plus tard, sur le pont, Caspian et le seigneur Bern expliquaient la situation à Drinian. Tout comme Caspian, celui-ci voulait sur l'heure se porter avec le *Passeur d'Aurore* à hauteur du bateau transportant les bandits et aller à l'abordage. Mais Bern lui fit la même objection.

– Tenez le cap jusqu'au bout de ce chenal, capitaine, lui recommanda-t-il, puis virez vers Avra où se trouvent mes terres. Mais d'abord, hissez la bannière du roi, suspendez au-dehors tous les boucliers et faites monter autant d'hommes que possible dans la vigie. Et, à environ cinq portées de flèche d'ici, quand vous aurez la haute mer sur bâbord avant, envoyez quelques signaux.

– Des signaux ? À qui ? s'étonna Drinian.

– Eh bien, à tous les autres bateaux, ceux que nous n'avons pas, mais dont il serait peut-être bon de faire croire à Gumpas qu'ils nous suivent de près.

– Ah ! je vois, approuva le capitaine en se frottant les mains. Et ils déchiffreront nos signaux. Qu'est-ce que je dois dire ? Que toute la flotte double Avra par le sud pour se rassembler à… ?

– À Bernstead, dit le seigneur Bern. Cela fera parfaitement l'affaire. La totalité de leur trajet – si ces bateaux existaient vraiment – se ferait hors de la vue de Narrowhaven.

Caspian était désolé pour les autres qui languissaient dans la cale du bateau de Pug, mais il ne put s'empêcher de trouver le reste de la journée très agréable. Tard dans l'après-midi (car ils avaient dû tout faire à la rame), après avoir tourné sur tribord pour doubler l'extrémité nord-est de Doorn, puis sur bâbord à nouveau pour contourner la pointe d'Avra, ils entrèrent dans un joli petit port sur la côte sud de l'île, où les terres avenantes de Bern descendaient jusqu'au rivage. On voyait un bon nombre de ses gens travailler aux champs, tous des hommes et des femmes libres, et c'était un fief heureux et prospère. Tout le monde descendit à terre et on les accueillit royalement dans une longue maison basse à colonnades qui dominait la baie. Bern, sa gracieuse épouse et ses joyeuses filles leur firent fête. Mais, à la nuit tombée, par bateau, Bern envoya un messager à Doorn afin d'ordonner quelques préparatifs (il ne dit pas lesquels exactement) pour le jour suivant.

Chapitre 4
Ce que Caspian fit là-bas

Le lendemain matin, le seigneur Bern réveilla ses hôtes de bonne heure et, après le petit déjeuner, il demanda à Caspian de faire mettre tous ses hommes en armure de combat.

– Et surtout, ajouta-t-il, veillez à ce que tout soit strictement réglementaire, aussi impeccable que si c'était le matin de la première bataille dans une grande guerre opposant de nobles rois sous le regard du monde entier.

Aussitôt dit, aussitôt fait. Puis, en trois voyages avec la chaloupe, Caspian et ses gens ainsi que Bern avec quelques-uns des siens appareillèrent pour Narrowhaven. La bannière du roi flottait à l'arrière de son vaisseau et son héraut d'armes était à ses côtés.

Quand ils atteignirent la jetée de Narrowhaven, le jeune roi constata qu'une foule considérable s'était assemblée pour les accueillir.

– C'est ce que j'avais fait demander hier soir, dit Bern. Ce sont mes amis, tous de braves gens.

Et, dès que Caspian débarqua, la foule poussa des hourras et cria :

– Narnia ! Narnia ! Longue vie au roi !

Au même instant – et l'on devait cela aussi aux messagers de Bern – des cloches commencèrent à sonner en maints endroits de la ville. Alors Caspian fit mettre sa bannière en tête et sonner de la trompette, chaque homme dégaina son épée en arborant une expression d'une sereine gravité, et ils défilèrent d'un tel pas que la rue en trembla, et leurs armures étincelaient tant (car c'était un matin ensoleillé) qu'on ne pouvait guère les regarder sans ciller.

Au début, les seuls à les acclamer étaient ceux qui avaient été prévenus par les messagers de Bern, qui savaient ce qui se passait et qui souhaitaient que cela arrive. Mais ensuite, les plus jeunes bambins se joignirent à la foule car ils aimaient les défilés et n'en avaient vu que très rarement. Puis tous les enfants des écoles parce qu'eux aussi aimaient les défilés et qu'ils se disaient que, plus il y aurait de bruit et d'agitation, moins ils risqueraient d'avoir école ce matin-là. Et puis toutes les vieilles femmes passèrent leur tête aux portes et fenêtres et se mirent à papoter entre elles et à acclamer Caspian parce que c'était le roi, et qu'est-ce qu'un gouverneur en comparaison ? Et toutes les jeunes femmes les rejoignirent aussi pour la même raison et parce que Caspian, Drinian et les autres étaient beaux. Et enfin tous les jeunes gens vinrent voir ce que regardaient les jeunes femmes, si bien que, avant même que Caspian ait atteint les grilles du château, presque toute la ville l'acclamait. Et, de là où il se trouvait à l'intérieur du château, Gumpas, aux prises avec tout un fouillis de comptes, de formulaires, de règles et règlements, entendit ce bruit.

À l'entrée, le héraut d'armes de Caspian sonna de la trompette et cria :

– Ouvrez au roi de Narnia, venu rendre visite à son féal et bien-aimé serviteur le gouverneur des îles Solitaires !

À cette époque, tout dans les îles se faisait dans la négligence et le relâchement. Seule la petite poterne s'ouvrit, un gaillard ébouriffé en sortit avec un vieux chapeau crasseux sur la tête en guise de casque et une vieille pique rouillée à la main. Les silhouettes étincelantes qu'il voyait devant lui le firent cligner des yeux.

– Pvez… paouar… fisance, bredouilla-t-il (ce qui était sa façon de dire « Vous ne pouvez pas voir Sa Suffisance »). Pas d'diences sans rendez-vous sauf ent'neuf et dix heures du matin s'cond sam'di d'chaque mois.

– Découvre-toi devant Narnia, chien, tonna le seigneur Bern en lui assenant, de sa main gantée de fer, une tape qui fit voler son chapeau.

– Quoi ? D'quoi qu'y s'agit ? commença le portier.

Mais personne ne lui prêta la moindre attention.

Deux des hommes de Caspian franchirent la poterne et, après s'être un peu débattus avec barres et verrous (car tout était rouillé), ouvrirent en grand, à la volée, les deux battants de la grille. Puis le roi et sa suite s'engagèrent dans la cour. Un certain nombre de gardes du gouverneur y paressaient ; plusieurs autres émergèrent en titubant (la plupart en essuyant leur bouche) de plusieurs embrasures de portes. Bien que leurs armures soient en mauvais état, ces gaillards auraient pu se battre s'ils avaient été bien commandés ou s'ils avaient simplement compris ce qui se passait. Aussi était-ce là l'instant le plus périlleux. Caspian ne leur laissa pas le temps de réfléchir.

– Où est votre capitaine ? demanda-t-il.

– C'est moi, plus ou moins, si vous voyez ce que je

veux dire, répondit un jeune homme nonchalant et assez coquet qui ne portait pas d'armure du tout.

– Notre vœu, dit Caspian, est que notre royale visite dans notre possession des îles Solitaires soit une occasion de réjouissances et non de terreur pour nos loyaux sujets. Si ce souci ne me retenait pas, j'aurais beaucoup à dire sur l'état des cuirasses et des armes de vos hommes. Compte tenu des circonstances, vous êtes pardonné. Faites mettre un tonneau de vin en perce pour que vos hommes puissent boire à notre santé. Mais demain à midi je veux les voir ici même, dans cette cour, vêtus comme des hommes d'armes et non comme des vagabonds. Veillez-y, sous peine de nous causer le plus grand déplaisir.

Le capitaine restait bouche bée, mais Bern s'empressa de crier :

– Hourra pour le roi !

Et les soldats, qui avaient compris ce qui concernait le tonneau de vin même s'ils n'avaient rien compris d'autre, l'acclamèrent avec ensemble. Caspian ordonna alors à la plupart de ses hommes de rester dans la cour. Il entra dans la grande salle avec Bern, Drinian et quatre autres.

À l'autre bout de la pièce, derrière une table, était assis Sa Suffisance, le gouverneur des îles Solitaires, entouré de plusieurs secrétaires. Gumpas était un homme à l'air bilieux dont les cheveux autrefois roux étaient maintenant gris pour la plupart. À leur entrée, il leva les yeux sur les étrangers et les rabaissa aussitôt sur ses papiers, en disant de façon mécanique :

– Pas d'audience sans rendez-vous sauf entre neuf et dix heures du matin le deuxième samedi de chaque mois.

Caspian fit un signe de tête à Bern et s'écarta. Bern et Drinian avancèrent d'un pas et s'emparèrent chacun d'un bout de la table. Ils la soulevèrent et la jetèrent à l'autre extrémité de la salle, où elle se renversa, répandant une cascade de lettres, dossiers, encriers, plumes, cire à sceller et documents divers. Puis, sans brutalité mais aussi fermement que si leurs mains avaient été des pinces d'acier, ils arrachèrent Gumpas à son fauteuil et le déposèrent près de deux mètres plus loin, en face de la table. Caspian s'assit aussitôt dans le fauteuil en posant son épée nue en travers de ses genoux.

– Mon cher seigneur, dit-il à Gumpas en le fixant dans les yeux, vous ne nous avez pas ménagé l'accueil que nous escomptions. Nous sommes le roi de Narnia.

– Rien à ce propos dans la correspondance, répondit le gouverneur. Rien dans les minutes. On ne nous a rien notifié de ce genre. Tout cela est irrégulier. C'est avec plaisir que je prendrai en considération toute demande…

– Et nous sommes venus nous informer de la façon dont Votre Suffisance s'acquitte de sa charge, poursuivit Caspian. Il y a deux points en particulier sur lesquels je requiers une explication. Premièrement, je ne trouve aucune trace de paiement, depuis environ cent cinquante ans, du tribut dû par ces îles à la couronne de Narnia.

– Ce serait une question à soulever au cours du conseil du mois prochain, dit Gumpas. Si quiconque exige qu'une commission d'enquête soit mise sur pied pour faire rapport sur l'histoire financière des îles à la première réunion de l'an prochain, eh bien alors…

– Je trouve aussi très clairement édicté dans nos lois que, si le tribut n'est pas versé, la totalité de la dette doit être acquittée par le gouverneur des îles Solitaires sur sa cassette personnelle.

– Oh ! c'est tout à fait hors de question, répliqua Gumpas. C'est économiquement impossible… Heu… Votre Majesté veut sans doute plaisanter.

En lui-même, il se demandait s'il n'y avait pas moyen de se débarrasser de ces visiteurs indésirables. S'il avait su que Caspian n'avait avec lui qu'un seul navire et qu'un seul équipage, il aurait prononcé sur le moment des paroles affables, tout en prévoyant de les faire tous encercler et assassiner pendant la nuit. Mais il avait vu un bateau de guerre emprunter le détroit la veille et envoyer des signaux, pensait-il, aux navires qui l'accompagnaient. Ne pouvant savoir alors qu'il s'agissait du vaisseau du roi, car il n'y avait pas assez de vent pour déployer la bannière royale et permettre de voir le lion d'or, il avait attendu les développements ultérieurs. Il s'imaginait maintenant que Caspian avait toute une flotte à Bernstead. Il ne serait jamais venu à l'esprit de Gumpas que qui que ce soit pourrait entrer à pied dans Narrowhaven pour s'emparer des îles avec moins de trente hommes ; ce n'était certainement pas le genre de choses qu'il aurait pu envisager de faire lui-même.

– Ensuite, reprit Caspian, je veux savoir pourquoi vous avez permis le développement ici de ce trafic d'esclaves abominable et contre nature, en désaccord avec les anciennes coutumes et usages de nos dominions.

– Nécessaire, inévitable, répondit le gouverneur. Une part essentielle du développement économique des îles, je vous assure. Notre élan actuel de prospérité en dépend.

– Quel besoin avez-vous d'esclaves ?

– Pour l'exportation, Votre Majesté. On les vend surtout aux Calormènes ; et nous avons d'autres marchés. Nous sommes un grand centre de commerce.

– En d'autres termes, rétorqua Caspian, vous n'en avez pas besoin ici. Dites-moi à quoi ils servent, sauf à remplir les poches de gens tels que Pug ?

– L'âge tendre de Votre Majesté, dit Gumpas avec ce qui voulait être un sourire paternel, ne lui permet guère de comprendre les aspects économiques du problème. J'ai des statistiques, j'ai des graphiques, j'ai…

– Si tendre que puisse être mon âge, répondit Caspian, je comprends au moins aussi bien que Votre Suffisance le commerce des esclaves. Et je ne vois pas que cela rapporte aux îles de la viande, du pain, de la bière, du vin, des choux, des instruments de musique, des livres, des chevaux, de l'armement ou quoi que ce soit d'autre qui ait quelque valeur. Mais que cela en rapporte ou pas, cela doit s'arrêter.

– Mais ce serait revenir en arrière, s'étrangla le gouverneur. N'avez-vous aucune idée de ce qu'est le progrès, le développement économique ?

– Je les ai connus tous les deux au berceau. À Narnia, on appelle ça « mal tourner ». Ce trafic doit cesser.

– Je ne peux pas prendre la responsabilité d'une telle mesure.

– Très bien alors, répondit Caspian, nous vous relevons de votre charge. Mon cher seigneur Bern, approchez.

Et, avant que Gumpas ait eu le temps de comprendre ce qui se passait, Bern était agenouillé, ses mains entre celles du roi, et prêtait le serment de gouverner les îles Solitaires en accord avec les vieilles coutumes, les droits, les usages et les lois de Narnia. Caspian conclut :

– Je trouve que nous avons eu assez de gouverneurs comme ça.

Et il donna à Bern le titre de duc, duc des îles Solitaires.

– Quant à vous, mon seigneur, dit-il à Gumpas, je vous remets votre dette pour ce qui est du tribut. Mais avant midi, demain, vous et les vôtres devez avoir quitté le château, qui est désormais la résidence du duc.

– Attendez un peu… intervint l'un des secrétaires de Gumpas. Si, vous tous, vous arrêtiez votre numéro, messieurs, et si nous parlions un peu sérieusement. La question qui se pose à nous est en réalité…

– La question est, l'interrompit le duc, de savoir si vous-même et le reste de cette populace viderez les lieux sous les coups de fouet ou sans être fouettés. Choisissez.

Quand tout cela eut été réglé sans désagréments, Caspian commanda des chevaux, car il y en avait quelques-uns dans le château, certes très mal soignés, et, avec Bern, Drinian et quelques autres, il sortit à cheval en direction du marché aux esclaves. C'était un long bâtiment bas, proche du port, et la scène qu'ils découvrirent à l'intérieur ressemblait énormément à n'importe quelle vente aux enchères : c'est-à-dire qu'il y avait foule et que Pug, sur une estrade, vociférait d'une voix rauque :

– Maintenant, messieurs, le lot numéro vingt-trois. Un beau travailleur agricole térébinthien, utilisable dans les mines ou à bord d'une galère. Moins de vingt-cinq ans. Dans sa bouche, pas une seule dent malade. Un bon gars, râblé. Enlève-lui sa chemise, Tacks, pour que ces messieurs puissent se rendre compte. Voilà du muscle pour vous ! Regardez son torse. Dix croissants, propose le monsieur dans le coin. Vous plaisantez sans doute, monsieur. Quinze ! Dix-huit ! On nous offre dix-huit pour le lot vingt-trois. Une enchère au-dessus de dix-huit ? Vingt et un. Merci, monsieur. Une offre à vingt et un…

Mais Pug s'arrêta, la bouche ouverte, en voyant les silhouettes revêtues de cottes de mailles qui, dans un grand cliquetis, avaient escaladé l'estrade.

– À genoux devant le roi de Narnia ! clama le duc.

Tout le monde entendait tinter les harnachements des chevaux qui frappaient le sol du sabot à l'extérieur et beaucoup avaient vaguement entendu parler, par la rumeur publique, du débarquement et des événements du château. La plupart s'exécutèrent. Les autres furent forcés de s'agenouiller par leurs voisins. Plusieurs poussèrent des acclamations.

– Tu pourrais payer de ta vie, Pug, d'avoir porté hier la main sur notre royale personne, dit Caspian. Mais je te pardonne ton ignorance. Le trafic d'esclaves est interdit dans tous nos dominions depuis un quart d'heure. Je proclame libre chaque esclave sur ce marché.

Il leva la main pour interrompre les ovations des esclaves et continua :

– Où sont mes amis ?

– Cette chère jeune fille et le charmant jeune homme ? demanda Pug avec un sourire doucereux. Eh bien, on se les est arrachés tout de suite…

– Caspian, on est là, on est là, crièrent ensemble Edmund et Lucy.

– À votre service, Sire, dit la voix flûtée de Ripitchip en provenance d'un autre coin de la salle.

Ils avaient tous trois été vendus, mais comme les hommes qui les avaient achetés étaient restés sur place pour acquérir d'autres esclaves, ils n'avaient pas encore été emmenés. La foule s'ouvrit pour les laisser passer et ils échangèrent avec Caspian force congratulations et poignées de main. Deux marchands de Calormen s'approchèrent en même temps. Les Calormènes ont des visages sombres et de longues barbes. Ils portent des robes flottantes, des turbans orange, et sont un vieux peuple sage, prospère, courtois et cruel. Ils s'inclinèrent le plus poliment du monde devant Caspian, le gratifièrent de longs compliments, tous évoquant les fontaines de la Prospérité irriguant les jardins de la Prudence et de la Vertu – et d'autres choses du même genre – mais bien sûr, ce qu'ils voulaient, c'était récupérer l'argent qu'ils avaient déboursé.

– C'est bien la moindre des choses, messieurs, leur dit Caspian. Chaque homme ayant acheté un esclave aujourd'hui doit être remboursé. Pug, apporte-nous ta recette jusqu'au dernier minim ! (Un minim vaut le quarantième d'un croissant.)

– Est-ce que Votre Majesté a l'intention de me réduire à la mendicité ? gémit-il.

– Tu as vécu toute ta vie sur le malheur des autres, lui répondit Caspian, et même si tu deviens un mendiant, mieux vaut être mendiant qu'esclave. Mais où est mon autre ami ?

– Ah ! celui-là ? Oh ! prenez-le et grand bien vous fasse. Trop content d'en être débarrassé. De toute ma chienne de vie, je n'ai jamais vu un tel poison sur le marché. Je l'ai proposé finalement à cinq croissants et, même à ce prix-là, personne n'en voulait. Ils ne voulaient pas le toucher. Ils ne voulaient pas le regarder. Tacks, va chercher Grincheux.

C'est ainsi qu'Eustache réapparut, et il avait indéniablement l'air grincheux ; car, même si personne n'a envie d'être vendu comme esclave, il est peut-être encore plus exaspérant d'être une sorte d'esclave de rebut que personne ne veut acheter. Il marcha sur Caspian et lui dit :

– Je vois. Comme d'habitude. Vous êtes allé vous amuser quelque part tandis que nous autres étions prisonniers. Je suppose que vous n'avez même rien trouvé à propos du consul britannique. Bien sûr que non.

Ce soir-là, ils eurent droit à un grand festin au château de Narrowhaven. Puis, quand il eut fait ses révérences à tout le monde pour aller se coucher, Ripitchip dit :

– C'est demain que commencent nos vraies aventures !

Mais, en réalité, cela ne pouvait être le lendemain, loin de là. Car ils s'apprêtaient désormais à laisser derrière eux toutes les terres et tous les océans connus et cela exigeait des préparatifs minutieux. Le *Passeur d'Aurore* fut vidé, on glissa dessous des rouleaux de bois, huit chevaux le tirèrent à terre, et chaque pièce fut passée en revue par les charpentiers de marine les plus expérimentés. Puis il fut lancé à nouveau, rempli d'autant de vivres et d'eau qu'il pouvait en contenir – c'est-à-dire pour vingt-huit jours. Encore tout cela, comme Edmund le fit remarquer, déçu, ne leur permettait-il que deux semaines de navigation avant de devoir renoncer à leurs recherches et de faire demi-tour.

Tandis qu'on pourvoyait à tout, Caspian ne manquait aucune occasion d'interroger les plus vieux capitaines qu'il pouvait rencontrer à Narrowhaven sur ce qu'ils savaient, par expérience ou par ouï-dire, de terres éventuelles situées plus à l'est. Il vida maintes cruches de bière au château en compagnie d'hommes au visage buriné par les tempêtes, avec de courtes barbes grises et des yeux bleu clair, et entendit en retour beaucoup de contes à dormir debout. Mais ceux qui semblaient les plus crédibles ne lui parlaient d'aucune terre au-delà des îles Solitaires, et beaucoup pensaient que, si on voguait trop loin vers l'est, on arrivait dans les déferlantes d'une mer sans rivage, qui s'enroulaient perpétuellement autour du bord du monde.

– Et c'est là, je pense, que les amis de Votre Majesté sont allés par le fond.

Les autres n'avaient à raconter que de folles histoires d'îles habitées par des hommes sans tête, d'îles flottantes, de tornades, et d'un feu qui brûlerait à la surface de l'eau. Il n'y en eut qu'un pour dire, comblant Ripitchip de joie :

– Et au-delà encore, le pays d'Aslan. Mais ça, c'est au-delà de l'extrémité du monde et vous ne pouvez pas y aller.

Questionné, il se contenta de répondre qu'il tenait cela de son père.

Bern ne put dire qu'une chose : il avait vu le bateau de ses six compagnons s'éloigner vers l'est et l'on n'avait plus jamais entendu parler d'eux par la suite. C'est ce qu'il raconta à Caspian alors qu'ils se tenaient tous deux à l'endroit le plus élevé d'Avra, portant leurs regards sur l'océan.

– Je suis souvent monté ici le matin, dit alors le duc, pour voir le soleil s'arracher à la mer et, certains jours, il semblait n'être qu'à deux ou trois kilomètres de moi. Je me suis posé des questions sur mes amis et sur ce qu'il y a, en réalité, au-delà de cet horizon. Rien, c'est le plus probable, pourtant je me sens toujours un peu honteux d'être resté en arrière. Mais j'aimerais bien que Votre Majesté n'y aille pas. Nous pouvons ici même avoir besoin de votre aide. Cette fermeture du marché aux esclaves pourrait bien bouleverser les choses. Ce que j'appréhende, c'est une guerre avec Calormen. Mon roi, pensez-y à deux fois.

– J'ai fait un serment, mon cher seigneur et duc, répondit Caspian. Et, de toute façon, qu'est-ce que je pourrais bien dire à Ripitchip ?

Chapitre 5
La tempête et ses conséquences

Ce fut environ trois semaines après leur arrivée que le *Passeur d'Aurore* fut remorqué hors du port de Narrowhaven. Des adieux très solennels avaient été échangés et une foule importante s'était assemblée pour assister à leur départ. Il y avait eu des acclamations, des larmes aussi, quand Caspian avait prononcé son dernier discours aux insulaires et s'était séparé du duc et de sa famille. Mais lorsque le vaisseau, sa voile violette faseyant encore paresseusement, s'éloigna du rivage, et que le son du cor de Caspian à la poupe s'affaiblit au-dessus de l'eau, tout le monde se tut. Puis le bateau trouva le vent. La voile se gonfla, le remorqueur largua son filin pour entamer son retour à la rame et la première vague digne de ce nom se rua sous la proue du *Passeur d'Aurore* qui, à l'instant, reprit vie. Les hommes au repos descendirent dans la cale, Drinian prit le premier quart à la poupe, et le navire pointa son nez vers l'est en contournant le sud d'Avra.

Les jours suivants furent délicieux. Chaque matin, à son réveil, Lucy se disait qu'elle était la petite fille la plus chanceuse du monde, en voyant danser au plafond de sa cabine les reflets du soleil sur l'eau et en promenant son regard sur toutes les jolies choses qu'elle avait trouvées aux îles Solitaires : des bottes de marin, des bottines, des manteaux et des écharpes. Puis elle allait sur le pont et, du gaillard d'avant, jetait un coup d'œil sur une mer d'un bleu chaque matin plus brillant et aspirait une goulée d'un air qui tiédissait de jour en jour. Venait ensuite le petit déjeuner, pris avec un appétit qu'on ne peut avoir qu'en mer.

Elle passa pas mal de temps assise sur la petite banquette dans la dunette, à jouer aux échecs avec Ripitchip. C'était amusant de le voir soulever les pièces, beaucoup trop grosses pour lui, avec ses deux pattes avant, et se hausser sur les pattes arrière s'il devait en bouger une vers le centre de l'échiquier. C'était un bon joueur et, d'habitude, quand il se rappelait ce qu'il voulait faire, il gagnait. Mais, de temps à autre, c'était Lucy qui l'emportait parce que la souris jouait, par exemple, un cavalier qui risquait de se faire prendre par une reine et une tour à la fois. Cela se produisait quand il oubliait momentanément qu'il s'agissait d'un jeu d'échecs et que, pensant à une vraie bataille, il faisait faire au cavalier ce qu'il aurait sans aucun doute fait à sa place. Car il avait la tête pleine de tentatives désespérées, de charges-pour-vaincre-ou-mourir, et de derniers carrés héroïques.

Mais cette période heureuse ne dura pas. Advint une fin d'après-midi où Lucy, qui contemplait rêveusement le long sillon qui se formait derrière eux, vit à l'ouest un énorme amas de nuages enfler à une vitesse stupéfiante. Puis une déchirure s'ouvrit dans les nuages et le jaune éblouissant du soleil couchant s'y engouffra. On avait l'impression que toutes les vagues, derrière eux, prenaient des formes inhabituelles et que la mer n'était plus qu'un moutonnement jaunâtre, semblable à une grosse toile souillée. L'air fraîchissait. Le bateau semblait se mouvoir avec réticence, comme s'il sentait un danger derrière lui. Pendant une minute, la voile pendait, plate et molle, pour s'enfler brutalement la minute d'après. Alors que Lucy, notant toutes ces choses, s'étonnait du sinistre changement qui avait altéré le bruit même du vent, Drinian hurla :

– Tout le monde sur le pont !

En un instant, chacun se trouva frénétiquement affairé. Les écoutilles furent fermées, on éteignit le feu de la coquerie, des hommes grimpèrent dans la mâture pour prendre un ris dans la voile. Ils furent frappés de plein fouet par la tempête avant d'avoir fini. Lucy eut l'impression qu'une immense vallée s'ouvrait dans la mer juste devant eux et qu'ils s'y précipitaient, à une profondeur qu'elle n'aurait pu imaginer. Une formidable colline d'eau grise, beaucoup plus haute que le mât, déferla vers eux. Leur mort leur apparut certaine, mais ils furent projetés au sommet de la vague. Puis le bateau donna l'impression de tournoyer sur lui-même. Une cataracte d'eau submergea le pont ; la poupe et le gaillard d'avant étaient comme deux îles séparées par une mer déchaînée. Tout en haut, les marins étaient couchés le long de la vergue, essayant désespérément de contrôler la voile. Une corde arrachée pendait à l'extérieur, dans le vent, aussi droite et raide qu'un tisonnier.

– Descendez, m'dame ! hurla Drinian.

Et Lucy, qui savait bien que les terriens – ou terriennes – sont une gêne pour l'équipage, entreprit d'obéir. Ce n'était pas facile. Le *Passeur d'Aurore* gîtait terriblement sur tribord et le pont était aussi incliné que le toit d'une maison. Elle dut jouer des pieds et des mains pour atteindre l'échelle, puis s'accrocher à la rampe, enfin laisser passer deux hommes qui montaient, avant de descendre à son tour. Encore heureux qu'elle eût tenu fermement la rampe car, quand elle fut au pied de l'échelle, une autre vague balaya le pont en rugissant et l'atteignit dans le dos. Elle était déjà trempée par les embruns et la pluie, mais là, c'était plus froid. Elle s'élança vers la dunette, entra et referma la porte pour un moment sur les ténèbres dans lesquelles ils s'enfonçaient avec une consternante rapidité, sans pouvoir pour autant s'empêcher d'entendre l'horrible tohu-bohu de grincements, gémissements, craquements, cliquetis, rugissements et autres grondements qui paraissaient encore plus angoissants sous la poupe qu'ils ne l'avaient été dessus.

Tout le jour suivant et tout le jour d'après, cela continua. Et continua jusqu'à ce qu'on ne puisse presque plus se rappeler quand cela avait commencé. Et il fallait toujours trois hommes pour tenir la barre, trois hommes qui, en faisant de leur mieux, ne pouvaient que garder vaguement un cap. Et il fallait toujours trois hommes pour pomper l'eau qui envahissait le navire. Et il n'y avait pratiquement plus de repos pour personne, on ne pouvait rien faire cuire, on ne pouvait rien faire sécher, un homme tomba par-dessus bord et fut perdu, et l'on ne voyait jamais le soleil.

Quand ce fut fini, Eustache porta dans son journal la mention suivante :

3 septembre.
Depuis des siècles, c'est le premier jour où je peux écrire. Nous avons été ballottés par un ouragan pendant treize jours et treize nuits. Je le sais parce que je les ai soigneusement comptés, tandis que tous les autres disent que cela a duré seulement douze jours. C'est agréable de se trouver embarqué dans une dangereuse traversée avec des gens qui ne savent même pas compter correctement ! Avons passé un moment épouvantable à monter et descendre d'énormes vagues heure après heure, constamment trempés jusqu'aux

os, sans que personne fasse la moindre tentative pour servir des repas convenables. Inutile de préciser qu'il n'y a pas de radio ni même de fusées de détresse, donc aucune chance d'envoyer des appels au secours à quiconque. Tout cela prouve bien ce que je n'arrête pas de leur dire, que c'était pure folie de s'embarquer dans une fichue coquille de noix de ce genre. Ce serait déjà assez pénible si l'on se trouvait avec des gens convenables au lieu de ces démons à visage humain. Caspian et Edmund se conduisent, avec moi, tout simplement comme des brutes. La nuit où nous avons perdu notre mât (maintenant, il n'en reste plus qu'une vague souche), alors que je n'étais pas bien du tout, ils m'ont forcé à monter sur le pont pour y travailler comme un esclave. Lucy s'en est mêlée en disant que Ripitchip avait très envie d'y aller mais qu'il était trop petit. Je me demande comment elle fait pour ne pas voir que tout ce que fait ce petit animal n'est inspiré que par le souci de paraître. Malgré son jeune âge, elle devrait avoir ce minimum de bon sens. Aujourd'hui, ce bateau infect est enfin stable, le soleil est apparu et nous avons tous discuté de ce qu'il fallait faire. Nous avons des vivres, enfin, des trucs plutôt abominables pour la plupart, mais en quantité suffisante pour tenir seize jours (les volailles ont toutes été emportées par-dessus bord. Même si cela n'avait pas été le cas, elles auraient cessé de pondre, du fait de la tempête). Le vrai problème, c'est l'eau. Il semble que deux barils aient fui (toujours l'efficacité narnienne). Avec un strict rationnement, une demi-pinte par jour pour chacun, on en a pour douze jours (il y a encore beaucoup de vin et de rhum, mais même « eux » savent bien que cela ne ferait que nous donner encore plus soif).

Si c'était possible, bien sûr, la seule chose sensée serait de virer tout de suite plein ouest et de cingler vers les îles Solitaires. Mais pour arriver où nous sommes, il nous a fallu dix-huit jours en fonçant comme des fous, talonnés par un ouragan. Même avec un vent d'est, qu'il faudrait encore trouver, le retour serait beaucoup plus long. Et pour le moment, il n'y a pas trace de vent d'est... En fait, il n'y a pas de vent du tout. Quant à rentrer à la rame, cela prendrait beaucoup trop de temps et Caspian dit que les hommes ne pourraient pas ramer avec une demi-pinte d'eau par jour. Je suis pratiquement sûr que c'est faux. J'ai tenté de leur expliquer que la transpiration, en fait, rafraîchit les gens, si bien que les hommes auraient besoin de moins d'eau s'ils travaillaient. Il a paru n'y prêter aucune attention, ce qui est son attitude chaque fois qu'il ne trouve rien à répondre. Les autres ont tous voté pour continuer, dans l'espoir de rencontrer une terre. J'ai estimé que c'était mon devoir de leur faire remarquer qu'il n'y avait, à notre connaissance, aucune terre devant nous et tenté de les amener à percevoir combien il est dangereux de prendre ses désirs pour des réalités. Au lieu de présenter un meilleur plan, ils ont eu le front de me demander ce que je proposais. Aussi leur ai-je expliqué calmement et posément que j'avais été kidnappé et embarqué dans ce voyage insensé sans mon consentement, et que ce n'était pas vraiment mon travail de les tirer d'affaire.

4 septembre.
Calme plat toujours. Toutes petites rations pour le dîner et, pour moi, moins que pour les autres. Caspian est très doué pour servir et croit que je ne vois rien! Lucy, je ne sais

pourquoi, a voulu me faire des grâces en m'offrant un peu de sa part, mais ce mêle-tout d'Edmund ne l'a pas laissé faire. Soleil assez chaud. Soif terrible tout l'après-midi.

5 septembre.
Calme plat toujours, et grosse chaleur. Me suis senti mal fichu toute la journée, suis sûr d'avoir de la fièvre. Bien sûr, ils n'ont pas le bon sens de disposer d'un thermomètre à bord.

6 septembre.
Horrible journée. Me suis réveillé pendant la nuit en sachant que j'avais de la fièvre et que je devais boire de l'eau. N'importe quel docteur l'aurait dit. Dieu sait que je serais bien le dernier à tenter de bénéficier d'un avantage indu, mais je n'aurais jamais pu même imaginer que ce rationnement de l'eau serait censé s'appliquer à un malade. En fait, j'aurais bien demandé aux autres, seulement j'ai trouvé qu'il serait égoïste de les réveiller. Alors je me suis simplement levé, j'ai pris ma tasse et, sur la pointe des pieds, je suis sorti du trou noir dans lequel nous dormons, en prenant bien soin de ne pas déranger Caspian et Edmund, car ils dorment mal depuis que la chaleur et le rationnement de l'eau ont commencé. J'essaie toujours de penser aux autres, qu'ils soient gentils avec moi ou pas. Je suis allé tout droit dans la grande pièce, si on peut appeler ça comme ça, là où se trouvent les bancs des rameurs et les réserves de nourriture. Le truc pour l'eau est de ce côté-là aussi. Tout allait à merveille, mais avant que j'aie pu aller remplir ma tasse, devinez qui m'a attrapé ! Ce petit espion de Rip. J'ai tenté de lui expliquer que j'allais sur le pont pour prendre l'air (l'his-

toire de l'eau ne le regardait pas), et il m'a demandé pourquoi j'avais une tasse à la main. Il a fait tellement de bruit qu'il a réveillé tout le bateau. Ils m'ont traité de façon scandaleuse. J'ai demandé, comme tout le monde, je pense, l'aurait fait à ma place, comment il se faisait que Ripitchip soit en train de fureter près du baril d'eau potable au milieu de la nuit. Il a répondu que, comme il était trop petit pour être d'aucune utilité sur le pont, il montait en fait la garde chaque nuit près du baril d'eau afin de permettre à un homme de plus d'aller dormir. Et voilà un bel exemple de leur fichue injustice : ils l'ont tous cru, lui. Il faut le faire !

J'ai dû présenter des excuses, sinon ce dangereux petit fauve m'aurait poursuivi avec son épée. C'est alors que Caspian a montré son vrai visage de tyran brutal en disant haut et fort pour que tout le monde l'entende que quiconque serait surpris à voler de l'eau dans l'avenir en « recevrait deux douzaines ». Je ne savais pas ce que ça voulait dire jusqu'à ce qu'Edmund me l'explique. On trouve ça dans le genre de livres que lisent ces enfants Pevensie.

Après cette lâche menace, Caspian a changé de ton pour devenir paternaliste. A dit qu'il était désolé pour moi, mais que tout le monde se sentait aussi fiévreux que moi et que nous devions tous nous en accommoder, etc. Odieux hypocrite prétentieux ! Aujourd'hui, suis resté au lit toute la journée.

7 septembre.
Aujourd'hui, un peu de vent mais venant encore de l'ouest. Avons fait quelques milles vers l'est avec une partie de la voile, montée sur ce que Drinian appelle le mât de fortune,

c'est-à-dire le beaupré placé à la verticale et attaché (ils disent « amarré ») au moignon du vrai mât. Encore une soif terrible.

8 septembre.
Voguons toujours vers l'est. Je reste sur ma couchette toute la journée, désormais, sans voir personne, sauf Lucy, jusqu'à ce que les deux démons viennent se coucher. Lucy me donne un peu de sa ration d'eau. Elle dit que les filles n'ont pas aussi soif que les garçons. J'avais eu souvent cette impression, et cela devrait être plus connu en mer.

9 septembre.
Terre en vue ; une très haute montagne, très loin vers le sud-est.

10 septembre.
La montagne est plus grande et on la discerne mieux, mais elle est encore très loin. Nous avons revu des goélands, aujourd'hui, pour la première fois depuis je ne sais combien de temps.

11 septembre.
Avons attrapé quelques poissons, que nous avons préparés pour le dîner. Vers sept heures du soir, avons jeté l'ancre dans trois brasses d'eau au creux d'une baie de cette île montagneuse. Cet imbécile de Caspian n'a pas voulu nous laisser descendre à terre parce que la nuit tombait et qu'il craignait la présence de sauvages ou de bêtes féroces. Superration d'eau, ce soir.

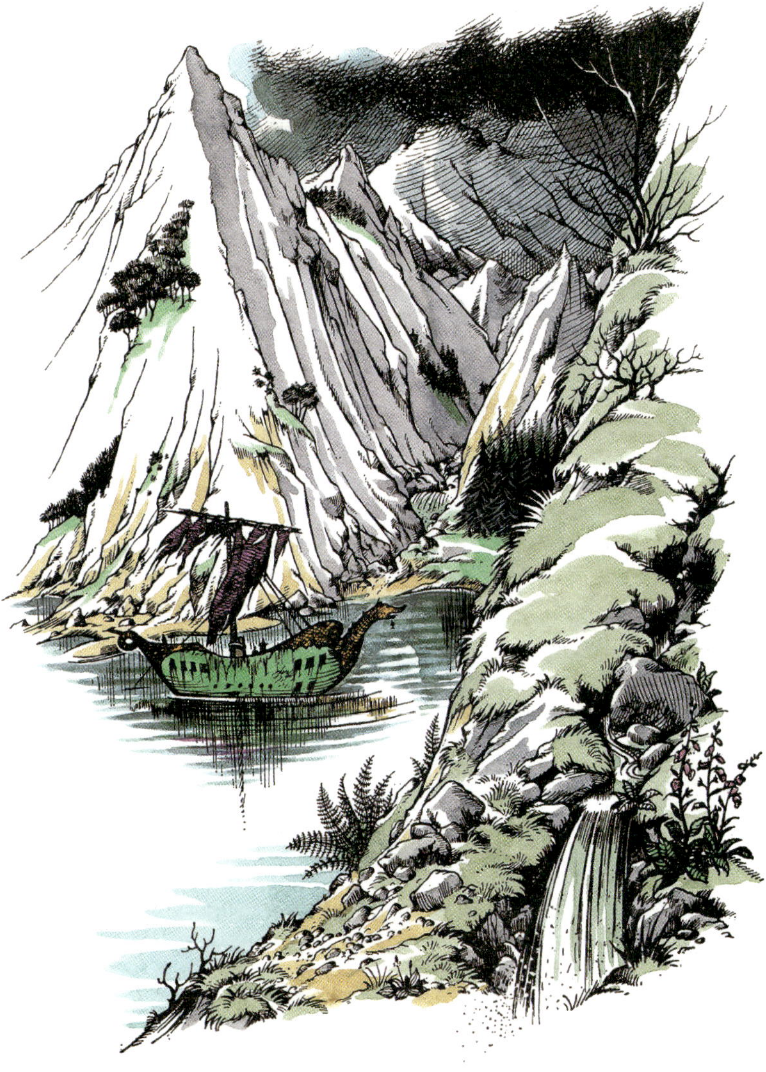

Ce qui les attendait sur cette île allait concerner Eustache plus que n'importe qui d'autre, mais on ne peut le raconter avec ses mots à lui, parce que, passé le 11 septembre, il négligea longtemps de tenir son journal.

Quand vint le matin, avec un ciel bas, gris, mais une grosse chaleur, nos héros constatèrent qu'ils se trouvaient dans une baie entourée de falaises et de rochers comme un fjord norvégien. En face d'eux, au fond de la baie, une portion de terre plate disparaissait sous le foisonnement d'arbres qui semblaient être des cèdres, à travers lesquels un rapide cours d'eau se frayait un passage. Au-delà, il y avait une pente raide aboutissant à une crête déchiquetée et, derrière encore, des montagnes dont la masse confuse et sombre allait se perdre dans des nuages gris foncé qui ne permettaient pas d'apercevoir leurs sommets. Les parois les plus proches, de part et d'autre de la baie, étaient, de-ci, de-là, striées de lignes blanches dont tout le monde savait qu'il s'agissait de chutes d'eau bien que, à cette distance, on ne puisse en percevoir ni le mouvement ni le bruit. En réalité, cet endroit tout entier était très silencieux et l'eau de la baie lisse comme de la glace. Elle reflétait chaque détail des falaises. Ce décor aurait été joli à voir dans un tableau mais, dans la vie réelle, c'était plutôt oppressant. Ce n'était pas un pays accueillant.

L'équipage du bateau au grand complet se rendit à terre en deux voyages avec la chaloupe et chacun put boire et se laver avec délectation dans la rivière, avant un repas suivi d'un peu de repos, puis Caspian renvoya quatre hommes garder le bateau, et la journée de travail commença. Tout était à faire. Il fallait amener les barils à terre, réparer si possible ceux qui étaient abîmés et les remplir tous à nouveau ; il fallait abattre un arbre – un pin, de préférence – et en faire un nouveau mât ; réparer les voiles ; organiser une partie de chasse pour tuer tout gibier que pouvait offrir cette terre ; laver et recoudre les vêtements ; et remettre en état d'innombrables petites choses cassées à bord. Car le *Passeur d'Aurore* – et c'était plus évident maintenant qu'ils le voyaient avec un certain recul – n'avait plus grand-chose à voir avec le vaisseau élégant qui avait quitté Narrowhaven. Son allure de vieux rafiot décoloré, mutilé, aurait pu le faire prendre pour une épave. Et ses officiers comme son équipage ne valaient pas mieux : pâles, les yeux rougis par le manque de sommeil, amaigris et vêtus de haillons.

En entendant discuter de tous ces plans d'action alors qu'il était allongé sous un arbre, Eustache sentit le cœur lui manquer. N'y aurait-il donc aucun repos ? Apparemment, leur premier jour sur la terre ferme, tant attendu, allait comporter autant de dur labeur qu'un jour en mer. Alors, il lui vint une idée délicieuse. Personne ne le voyait : ils étaient tous en train de parler de leur bateau comme s'ils aimaient vraiment cette chose infecte. Pourquoi n'en profiterait-il pas pour s'éclipser tout tranquillement ? Il s'offrirait une petite balade à l'intérieur des terres, trouverait un endroit frais et aéré là-haut dans les montagnes, dormirait tout son soûl et ne rejoindrait les autres qu'après la journée de travail. Il avait l'impression que cela lui ferait le plus grand bien. Mais il prendrait grand soin de rester en vue de la baie et du bateau pour ne pas risquer de se perdre au retour. Pas question qu'on l'abandonne dans ce pays.

Il mit aussitôt son plan à exécution. Il se leva tranquillement de sa place et s'éloigna entre les arbres, en prenant bien soin de marcher lentement, sans but apparent pour que quiconque le verrait puisse se dire qu'il ne faisait que se dégourdir les jambes. Il fut surpris de constater à quelle vitesse le bruit des conversations décroissait, puis s'éteignait derrière lui et combien les bois devenaient silencieux, chauds, d'un vert sombre. Très vite, il sentit qu'il pouvait se risquer à adopter une démarche plus rapide et plus déterminée.

C'est ainsi qu'il atteignit bientôt la lisière des bois. Devant lui, le sol se mit à monter en pente raide. L'herbe était sèche et glissante, mais praticable s'il se servait de ses mains autant que de ses pieds et, tout en essuyant souvent son front ruisselant, il continua à crapahuter sans faiblir. Ce qui démontrait, soit dit en passant, que sa nouvelle vie, sans qu'il s'en doute, lui avait déjà fait du bien. Le vieil Eustache, l'Eustache d'Harold et Alberta, aurait abandonné son ascension au bout de dix minutes environ.

Lentement, et en s'arrêtant plusieurs fois pour se reposer, il atteignit le sommet. De là, il avait espéré avoir une vue de l'intérieur de l'île, mais les nuages étaient descendus plus bas et un océan de brume roulait à sa rencontre. Il s'assit pour regarder en arrière. Il était parvenu si haut que la baie paraissait toute petite en dessous de lui et qu'il pouvait voir la mer à des kilomètres de là. Puis le brouillard des montagnes, épais mais pas froid, le rejoignit et l'entoura, il s'allongea, se tourna et retourna pour trouver la position la plus confortable et se sentir bien.

Mais il ne se sentit pas bien, ou en tout cas pas très longtemps. Il commença, pour la première fois de sa vie ou presque, à se sentir seul. Ce sentiment apparut très graduellement. Puis il commença à s'inquiéter de l'heure qu'il était. On n'entendait pas le moindre bruit. Soudain, il lui vint à l'esprit qu'il était peut-être resté allongé là pendant des heures. Les autres étaient peut-être partis ! Peut-être l'avaient-ils laissé s'éloigner, exprès, simplement pour le laisser derrière eux ! Paniqué, il bondit sur ses pieds et entama sa descente.

Au début, il essaya d'aller trop vite, il dérapa sur la pente herbue, et glissa sur quelques mètres. Alors, il se dit que cette glissade l'avait entraîné trop sur la gauche… et, pendant la montée, il avait vu des précipices de ce côté-là. Aussi escalada-t-il la pente à nouveau, en se rapprochant le plus possible de ce qu'il croyait être son point de départ, et reprit-il sa descente depuis le début, en appuyant sur sa droite. Après, les choses semblèrent aller mieux. Il avançait très prudemment, car il ne pouvait voir à plus d'un mètre devant lui, et tout autour de lui régnait encore un silence absolu. Il est très désagréable d'être obligé d'aller doucement quand une voix intérieure ne cesse de vous répéter : « Dépêche-toi, dépêche-toi, dépêche-toi. » Car, à chaque instant, le terrible soupçon d'avoir été abandonné se renforçait. S'il avait un tant soit peu compris Caspian et les Pevensie, il aurait su, évidemment, qu'il n'y avait pas le moindre risque qu'ils fassent quoi que ce soit de ce genre. Mais il s'était lui-même persuadé qu'ils n'étaient tous que des démons à visage humain.

« Enfin ! se dit Eustache qui, après avoir glissé jusqu'au bas d'une coulée de pierres (on appelle ça un éboulis), se retrouvait sur du plat. Et maintenant, où sont ces arbres ? Il y a quelque chose de sombre, devant. Eh ! Mais… j'ai bien l'impression que le brouillard se lève. »

En effet. La lumière devenait plus forte à chaque instant, faisant cligner ses yeux. Le brouillard se dissipa. Il se trouvait dans une vallée totalement inconnue et on ne voyait la mer nulle part.

Chapitre 6
Les aventures d'Eustache

Au même moment, les autres se lavaient les mains et le visage dans la rivière et se préparaient à prendre leur dîner et du repos. Les trois meilleurs archers, après être montés dans les collines au nord de la baie, en avaient rapporté deux chèvres sauvages qui rôtissaient maintenant au-dessus d'un feu. Caspian avait fait venir à terre un tonneau de vin, de ce vin d'Archenland si fort qu'on ne le boit que coupé d'eau, si bien qu'il y en aurait largement pour tout le monde. Le travail avait bien marché jusqu'à présent et ce fut un repas très gai. Ce n'est qu'après qu'on eut repassé les plats qu'Edmund s'étonna :

– Où est cet énergumène d'Eustache ?

Pendant ce temps, Eustache promenait son regard sur la vallée inconnue. Elle était si profonde, si étroite, et les à-pics qui l'entouraient si escarpés que c'était comme un grand puits ou une vaste tranchée. Le sol était herbeux, quoique jonché de pierres et, par-ci, par-là, il voyait des plaques noires, brûlées, comme celles que l'on trouve sur les bords d'un remblai de chemin de fer quand l'été est sec. À environ quinze mètres, il vit un étang dont l'eau était claire et lisse. Il n'y avait, à première vue, absolument rien d'autre dans la vallée ; pas un animal, pas un oiseau, pas un insecte. Le soleil cognait dur et, au-dessus de la vallée, des montagnes pointaient leurs dents et leurs pics sinistres.

Bien sûr, Eustache comprit que, en plein brouillard, il était descendu du mauvais côté de la crête, et son premier réflexe fut de se retourner pour voir comment rebrousser chemin. À peine avait-il jeté un coup d'œil en arrière qu'il frissonna d'horreur. Visiblement, par un coup de chance extraordinaire, il avait trouvé la seule voie possible pour descendre : une longue bande de terre verdoyante, horriblement étroite et escarpée, avec des précipices de chaque côté. Il n'y avait aucun autre chemin praticable pour remonter. Mais en était-il capable, maintenant qu'il voyait réellement ce qu'il en était ? La tête lui tournait rien que d'y penser.

Il se retourna à nouveau, en se disant que, de toute façon, il ferait mieux de commencer par aller boire dans l'étang. Mais aussitôt, et avant qu'il ait pu avancer d'un pas dans la vallée, un bruit se fit entendre derrière lui. Ce n'était qu'un petit bruit, mais qui résonna très fort dans cet immense silence. Il en fut glacé d'horreur, et s'immobilisa une seconde. Puis il tourna la tête pour regarder.

À la base de la paroi, légèrement sur sa gauche, il y avait un trou bas, sombre... l'entrée d'une grotte, peut-être. Et il en sortait deux minces filets de fumée. Et, juste en dessous de la sombre ouverture, les pierres sèches bougeaient (c'était le bruit qu'il avait entendu) exactement comme si quelque chose était en train de ramper dans l'ombre derrière elles.

Oui, quelque chose était bien en train de ramper. Pis encore, ce quelque chose était en train de sortir. Edmund, Lucy ou vous-même l'auriez reconnu à la seconde, mais Eustache n'avait lu aucun des livres qu'il fallait pour cela. Ce qui sortait de la grotte en rampant, c'était quelque chose qu'il n'avait même jamais imaginé : un long museau couleur de plomb, de mornes yeux rouges, ni plumes, ni poils mais un long corps souple qui traînait par terre, des pattes dont les articulations surmontaient son dos comme celles d'une araignée, des griffes cruelles, des ailes de chauve-souris qui traînaient jusqu'au sol et raclaient les pierres, des mètres de queue. Et les filets de fumée sortaient de ses deux narines. Pas un instant, Eustache ne se dit le mot « dragon ». Et ça n'aurait rien arrangé s'il l'avait fait.

Mais peut-être que s'il avait su quelque chose sur les dragons, le comportement de celui-là l'aurait quelque peu surpris. Il ne se redressait pas en battant des ailes et ne crachait pas de flammes par la bouche. La fumée de ses narines était comme celle d'un feu qui n'en a plus pour très longtemps. En plus, il ne semblait pas avoir remarqué Eustache. Il s'avançait avec une extrême lenteur vers l'étang... lentement et en faisant de nombreuses pauses. En dépit de sa terreur, Eustache eut l'impression que c'était un vieil animal triste. Il se demanda s'il fallait prendre le risque de foncer vers le chemin escarpé. Mais, s'il faisait du bruit, la chose pourrait se retourner et le voir. Peut-être faisait-elle seulement semblant ? Et puis, à quoi bon grimper pour tenter d'échapper à un animal volant ?

Le dragon arriva à l'étang et, pour boire, fit descendre au-dessus des pierres son horrible menton couvert d'écailles. Mais avant qu'il n'ait avalé une gorgée, on l'entendit pousser un grand cri rauque, métallique et, après quelques spasmes et convulsions, il roula sur le flanc et resta complètement immobile, les griffes en l'air. Un peu de sang noir bouillonna hors de sa bouche grande ouverte. La fumée de ses narines noircit un moment puis se dissipa.

Longtemps, Eustache n'osa pas bouger. Peut-être était-ce là le numéro habituel de cette bête sauvage, sa façon de tromper les voyageurs pour les perdre. Mais il était impossible d'attendre indéfiniment. Il fit un pas, un deuxième, puis s'arrêta. Le dragon ne bougeait toujours pas ; Eustache remarqua que le flamboiement rougeâtre avait disparu de ses yeux. Finalement, il alla jusqu'à lui. Il était maintenant tout à fait sûr que la bête était morte. Sans pouvoir réprimer un frisson, il la toucha ; rien ne se passa.

Il en fut tellement soulagé qu'il faillit éclater de rire. C'était pour lui, à ce moment-là, comme s'il avait combattu et tué le dragon au lieu de simplement le regarder mourir. Il l'enjamba et alla jusqu'à l'étang pour boire, car la chaleur était devenue insupportable. Il ne fut pas surpris d'entendre un roulement de tonnerre. Presque tout de suite après, le soleil disparut et, avant qu'il ait fini de boire, de grosses gouttes de pluie tombaient déjà.

C'était un climat très désagréable que celui de cette île. En moins d'une minute, Eustache fut trempé jusqu'aux os et à moitié aveuglé par une pluie comme on n'en voit jamais en Europe. Il était inutile de chercher à grimper hors de cette vallée tant que ça durerait. Il fonça vers le seul abri en vue : la grotte du dragon. Là, il se coucha pour essayer de reprendre son souffle.

Nous savons, pour la plupart d'entre nous, ce qu'on peut s'attendre à trouver dans l'antre d'un dragon mais, comme je vous le disais, Eustache n'avait jamais lu les livres qu'il fallait. Ceux qu'il lisait avaient beaucoup à dire sur les exportations, les importations, les gouvernements et les ponctions fiscales, mais ils n'étaient pas forts sur les dragons. C'est pourquoi il fut tellement désorienté par le sol sur lequel il s'était couché. À certains endroits, c'était trop piquant pour que ce soient des pierres et trop dur pour que ça puisse être des épines, et puis on avait l'impression qu'il y avait vraiment plein de choses rondes et plates. Et, quand il bougeait, tout cela cliquetait. Il y avait assez de lumière en provenance de l'entrée de la grotte pour qu'il puisse bientôt en avoir le cœur net. Et, bien sûr, Eustache découvrit que c'était ce que n'importe lequel d'entre nous aurait pu lui dire d'avance… un trésor. Il y avait là des couronnes (c'était ce qui piquait), des pièces, des bagues, des bracelets, des lingots, des coupes, de la vaisselle d'or et des pierres précieuses.

Eustache (contrairement à la plupart des jeunes garçons) n'avait jamais vraiment rêvé d'un trésor mais il vit à l'instant combien cela pourrait lui être utile dans ce nouveau monde dans lequel il avait si imprudemment fait irruption en passant par le tableau de la chambre de Lucy.

« Ils n'ont pas d'impôts ici, se dit-il, et vous n'avez pas à donner le trésor au gouvernement. Avec quelques-uns de ces trucs, je pourrais vivre ici quelque temps de façon tout à fait convenable… peut-être à Calormen, qui donne l'impression d'être le pays le plus sûr de la région. Je me demande quelle quantité je pourrais emporter avec moi. Ce bracelet-là – ce qu'il y a dessus, ce doit être des diamants –, je vais me le glisser au poignet. Trop grand, mais pas si je le pousse jusqu'au-dessus de mon coude. Puis remplir mes poches avec des diamants… c'est plus facile qu'avec de l'or. Je me demande quand cette pluie infernale va cesser. »

Il alla jusqu'à un endroit où l'amoncellement était moins inconfortable et s'installa pour attendre. Mais une grosse frayeur, et tout particulièrement une grosse frayeur survenant après une longue balade en montagne, cela fatigue énormément. Eustache s'assoupit.

Tandis qu'il ronflait, profondément endormi, les autres avaient fini de dîner et commençaient à s'inquiéter sérieusement à son sujet. Ils crièrent : « Eustache ! Eustache ! Hou ! Hou ! » à se briser la voix, et Caspian fit retentir son cor.

– Il n'est nulle part dans le voisinage, ou alors, il nous aurait entendus, dit Lucy, blême.

– Au diable ce type ! dit Edmund. Qu'est-ce qui a bien pu le pousser à s'éclipser comme ça ?

– Mais il faut faire quelque chose, affirma Lucy. Il

s'est peut-être perdu, ou bien il est tombé dans un trou, ou encore il a été capturé par des sauvages.

– Ou tué par des bêtes féroces, dit Drinian.

– Et si c'est le cas, alors, bon débarras, voilà ce que je pense, murmura Rhince.

– Maître Rhince, intervint Ripitchip, vous n'avez jamais rien dit qui soit moins digne de vous. Ce personnage ne compte pas au nombre de mes amis, mais il est du même sang que la reine, et puisqu'il fait partie de notre groupe, il en va de notre honneur de le retrouver et de le venger s'il a été tué.

– Bien sûr qu'il nous faut le retrouver… si c'est possible, dit Caspian avec lassitude. C'est bien là le problème. Cela signifie une expédition de secours, et des complications sans fin. Quelle barbe, cet Eustache !

Pendant ce temps, Eustache dormait, dormait… et dormait. Ce qui l'éveilla, ce fut son bras qui lui faisait mal. La clarté de la lune inondait l'entrée de la grotte, et sa couche de trésor lui sembla beaucoup plus confortable : en fait, il ne la sentait presque plus du tout. Il fut d'abord intrigué par cette douleur dans le bras mais, peu après, il eut conscience que le bracelet qu'il avait remonté au-dessus de son coude le serrait étrangement. Son bras devait avoir enflé pendant son sommeil (il s'agissait de son bras gauche).

Il bougea son bras droit pour tâter le gauche, mais s'arrêta avant de l'avoir déplacé de trois centimètres, et se mordit la lèvre de terreur. Car, juste devant lui et un peu sur la droite, là où le clair de lune tombait directement sur le sol de la grotte, il avait vu remuer une forme hideuse. Il la reconnut : c'était la patte griffue d'un dragon. Elle avait remué en même temps que sa main et s'immobilisa quand il cessa de bouger.

« Oh ! Ce que j'ai pu être bête, se dit Eustache. Ce monstre avait une compagne, bien sûr, et elle est couchée à côté de moi. »

Pendant plusieurs minutes, il n'osa pas bouger un seul muscle. Il voyait monter devant ses yeux deux minces panaches de fumée qui se détachaient en noir sur le clair de lune ; exactement comme la fumée qui sortait du nez de l'autre dragon avant qu'il meure. C'était si terrifiant qu'il retint sa respiration. Les deux filets de fumée disparurent. Quand il ne put retenir son souffle plus longtemps, il se laissa aller à respirer furtivement et, à l'instant même, les deux filets réapparurent. Même alors, il n'eut pas pour autant la moindre idée de la vérité.

Sur le moment, il décida de se faufiler avec mille précautions vers la gauche et de tenter de ramper hors de la grotte. Peut-être que l'animal était endormi… et puis, de toute façon, c'était sa seule chance. Mais, bien sûr, avant de filer vers la gauche, il regarda dans cette direction. Horreur ! De ce côté-là aussi, il y avait une patte de dragon.

On ne saurait reprocher à Eustache de s'être alors laissé aller à pleurer. Il fut surpris de la taille de ses propres larmes en les voyant s'écraser sur le trésor devant lui. Elles semblaient aussi anormalement chaudes car de la vapeur s'en échappait.

Mais cela ne servait à rien de pleurer. Il devait essayer

de ramper vers l'extérieur en passant entre les deux dragons. Il commença par allonger son bras droit. La patte de devant du dragon, avec ses griffes, là, sur sa droite, fit exactement le même mouvement. Puis il se dit qu'il devrait essayer son bras gauche. La patte de dragon qui était de ce côté-là bougea aussi.

Deux dragons, un de chaque côté, imitant tout ce qu'il faisait ! Ses nerfs lâchèrent et, sans demander son reste, il se sauva à toutes jambes.

Il y eut de tels cliquetis et grincements, de tels tintements d'or et bruits de pierres écrasées au moment où il se rua hors de la grotte qu'il pensa qu'ils le suivaient tous les deux. Mais il n'osa pas se retourner. Il fonça vers l'étang. La forme torturée du dragon mort gisant au clair de lune, voilà qui aurait pu effrayer n'importe qui mais, là, il y fit à peine attention. Ce qu'il voulait, c'était se plonger dans l'eau.

À l'instant même où il arrivait au bord de l'étang, il se passa deux choses. D'une part, une évidence le frappa comme un coup de tonnerre, celle d'avoir couru à quatre pattes – et pourquoi diable avait-il fait cela ? D'autre part, en se penchant au-dessus de l'eau, il crut pendant une seconde qu'un autre dragon le fixait de l'intérieur de l'étang. Mais il comprit immédiatement la vérité. La tête de dragon qu'il voyait dans l'étang, c'était son propre reflet. Aucun doute là-dessus. Elle bougeait quand il bougeait, elle ouvrait et fermait la bouche quand il ouvrait et fermait la sienne.

Il s'était transformé en dragon pendant son sommeil. En dormant sur la couche d'un dragon, le cœur plein de pensées cupides et dragonesques, il était lui-même devenu un dragon.

Cela expliquait tout. Il n'y avait pas eu deux dragons à ses côtés dans la grotte. Les pattes griffues à sa droite et à sa gauche n'étaient autres que ses propres pattes. Les deux panaches de fumée étaient sortis de ses propres narines. Quant à sa douleur au bras gauche (ou à ce qui avait été son bras), un coup d'œil de ce côté lui permit de voir ce qu'il s'était passé. Le bracelet, qui s'était si bien adapté au biceps d'un jeune garçon, était beaucoup trop petit pour la patte avant d'un dragon, épaisse et courte. Il s'était profondément enfoncé dans la chair écailleuse en formant, de part et d'autre, une palpitante et douloureuse boursouflure. Eustache tira sur le bracelet avec ses dents de dragon, sans parvenir à l'enlever.

En dépit de sa peine, ce qu'il ressentit d'abord, ce fut du soulagement. Il n'y avait plus de raison d'avoir peur. Désormais, il était lui-même un objet de terreur pour les autres, et rien au monde si ce n'est un chevalier (et pas n'importe lequel) n'oserait s'attaquer à lui. Il pouvait affronter Caspian et Edmund à présent…

Mais, au moment même où lui vint cette idée, il se rendit compte qu'il n'en avait pas envie. Il avait envie d'être leur ami. Il avait envie de revenir parmi les humains et de parler, de rire, de partager des choses. Il se rendit compte qu'il était un monstre, mis à l'écart de l'ensemble de l'espèce humaine. Il fut submergé par le sentiment d'une accablante solitude. Il commença à comprendre qu'en réalité les autres n'avaient pas été démoniaques du tout. Il commença à se demander si lui-même s'était comporté aussi bien que ce qu'il avait toujours supposé. Il se languissait de leurs voix. Il aurait accueilli avec reconnaissance un mot gentil, même venant de Ripitchip.

En proie à ces pensées, le pauvre dragon qui avait été Eustache hurla et pleura. Le spectacle d'un puissant dragon pleurant toutes les larmes de son corps dans une vallée déserte sous la lune, et le bruit que cela fait, voilà quelque chose de presque inimaginable.

Il décida finalement d'essayer de trouver son chemin pour retourner jusqu'à la côte. Il comprenait maintenant que Caspian n'aurait jamais mis les voiles en l'abandonnant. Et il fut convaincu que, d'une façon ou d'une autre, il trouverait le moyen de faire comprendre aux autres qui il était.

Il but longuement, puis (je sais que ça a l'air affreux mais, si vous réfléchissez, ça ne l'est pas) il mangea presque complètement le dragon mort. Il l'avait déjà à moitié terminé quand il se rendit compte de ce qu'il était en train de faire ; car, voyez-vous, bien que son esprit soit encore celui d'Eustache, ses goûts et sa digestion étaient ceux d'un dragon. Et il n'est rien qu'un dragon aime autant que le dragon frais. C'est pourquoi vous trouverez rarement plus d'un seul dragon dans la même région.

Puis il revint en arrière pour escalader les parois de la vallée. Il commença à grimper en bondissant et, dès le premier bond, il découvrit qu'il s'envolait. Il avait complètement oublié ses ailes et ce fut une grande surprise pour lui... la première surprise agréable depuis longtemps. Il s'éleva haut dans les airs et vit d'innombrables sommets montagneux dispersés en dessous de lui dans la clarté lunaire. Il aperçut la baie comme une plaque d'argent, le *Passeur d'Aurore* à l'ancre et des feux de camp clignotant dans les bois près de la plage. De très haut, il plongea droit vers eux en vol plané.

Lucy était très profondément endormie, car elle était restée éveillée jusqu'au retour de l'expédition de recherche, espérant de bonnes nouvelles d'Eustache. Conduits par Caspian, les hommes de l'équipe étaient revenus tard, fatigués, avec des nouvelles inquiétantes. Ils n'avaient pas trouvé trace d'Eustache, mais avaient aperçu le cadavre d'un dragon dans une vallée. Ils se forcèrent à voir le bon côté des choses et chacun s'employa à assurer aux autres que la présence d'autres dragons dans les parages était très improbable et qu'un dragon qui était déjà mort à trois heures de l'après-midi (heure approximative à laquelle ils l'avaient vu) n'avait sans doute pas pu tuer des gens quelques petites heures plus tôt.

– À moins qu'il n'ait mangé ce petit cafard et en soit mort ; il empoisonnerait n'importe quoi, dit Rhince.

Mais il le murmura à voix si basse que personne ne l'entendit.

Plus tard dans la nuit, Lucy fut réveillée par un bruit très léger, et trouva tous ses compagnons réunis, collés les uns aux autres et se parlant à voix basse.

– Que se passe-t-il ? demanda-t-elle.

– Nous devons tous garder le plus grand calme, disait Caspian. Un dragon vient de passer en volant au-dessus de la cime des arbres et de se poser sur la plage. Oui, j'ai bien peur qu'il ne se trouve entre le bateau et nous. Les flèches ne servent à rien contre ces créatures. Et elles n'ont pas du tout peur du feu.

– Avec la permission de Votre Majesté… commença la souris.

– Non, Ripitchip, répondit le roi avec la plus grande fermeté, vous n'allez pas le défier en combat singulier. Et, à moins que vous ne me promettiez de m'obéir sur ce point, je serai obligé de vous faire ligoter. Nous devons seulement monter bonne garde et, dès qu'il fera jour, descendre à la plage pour le combattre. Je marcherai en tête avec, à ma droite, le roi Edmund, et le seigneur Drinian à ma gauche. Il n'y a aucune autre disposition à prendre. Il fera jour dans deux heures, environ. D'ici une heure, qu'un repas soit servi avec ce qui reste de vin. Et que tout soit fait en silence.

– Peut-être s'en ira-t-il, hasarda Lucy.

– Ce sera pire dans ce cas, dit Edmund, parce que nous ne saurons pas où il est. S'il y a une guêpe dans une pièce, mieux vaut ne pas la quitter des yeux.

Le reste de la nuit fut terrifiant ; quand vint le repas, bien qu'ils sachent qu'il leur fallait manger, beaucoup se découvrirent peu d'appétit. Interminables leur parurent les minutes jusqu'à ce que l'obscurité commence à se dissiper, que les oiseaux se mettent à gazouiller, que le monde devienne plus frais, plus humide que pendant cette longue nuit, et que Caspian dise :

– Allons-y, les amis.

Ils se levèrent, chacun tenant son épée, et se disposèrent en un groupe compact avec Lucy au milieu, portant Ripitchip sur son épaule. C'était plus agréable que l'attente, et chacun se sentit plus attaché à chacun des autres qu'en temps ordinaire. L'instant d'après, ils se mirent en marche. Il faisait plus clair au moment où ils arrivèrent à la lisière du bois. Et là, sur le sable, comme un lézard géant, un crocodile ou un serpent avec des pattes, énorme, horrible et tout cabossé, le dragon était couché.

Mais quand il les vit, au lieu de se dresser en crachant du feu et de la fumée, le dragon battit en retraite – on aurait presque dit qu'il se dandinait – jusqu'au fond de la baie.

– Pourquoi est-ce qu'il secoue la tête comme ça ? s'étonna Edmund.

– Et maintenant, il hoche la tête, remarqua Caspian.

– Et il y a quelque chose qui sort de ses yeux, ajouta Drinian.

– Oh ! mais, vous ne voyez pas ? dit Lucy. Il pleure. Ce sont des larmes.

– Je ne m'y fierais pas, m'dame, intervint Drinian. C'est ce que font les crocodiles pour vous faire baisser votre garde.

– Il a remué la tête au moment où vous avez dit ça, nota Edmund. Exactement comme s'il voulait dire « non ». Regardez, il recommence.

– Croyez-vous qu'il comprenne ce que nous disons ? demanda Lucy.

Le dragon hocha énergiquement la tête.

Ripitchip se laissa glisser à bas de l'épaule de Lucy et s'avança jusqu'au premier rang.

– Dragon, fit-il de sa voix aiguë, comprenez-vous nos paroles ?

Le dragon hocha la tête.

– Pouvez-vous parler ?

Il secoua la tête.

– Alors, dit Ripitchip, il est inutile de vous demander ce que vous cherchez. Mais, si vous nous jurez amitié, levez votre patte avant gauche au-dessus de votre tête.

Il le fit, mais maladroitement, car cette patte-là était douloureuse, gonflée par le bracelet d'or.

– Oh ! regardez ! s'exclama Lucy. Il a quelque chose à la patte. Le pauvre… c'est probablement pour ça qu'il pleurait. Peut-être est-il venu vers nous pour qu'on le soigne, comme dans *Androclès et le lion*.

– Fais attention, Lucy, dit Caspian. Ce dragon est très intelligent, mais il est peut-être menteur.

Peine perdue, elle s'était déjà élancée, suivie de Ripitchip, courant de toute la vitesse de ses petites pattes, et puis, bien sûr, de Drinian et des garçons.

– Montre-moi ta pauvre patte, dit-elle. Peut-être pourrai-je la guérir.

Le dragon-qui-avait-été-Eustache fut trop heureux de tendre sa patte endolorie, en se souvenant de la façon dont le cordial de Lucy avait guéri son mal de mer avant qu'il ne devienne un dragon. Mais il fut déçu. Le fluide magique réduisit l'enflure et soulagea un peu sa douleur, mais il ne put dissoudre l'or.

Tous s'étaient alors regroupés pour assister au traitement, et Caspian s'exclama soudain :

– Regardez !

Son regard était fixé sur le bracelet.

Chapitre 7
Comment se termina cette aventure

– Regardez quoi ? demanda Edmund.

– Regardez le motif sur le bracelet, dit Caspian.

– Un petit marteau avec, au-dessus, un diamant, comme une étoile, commenta Drinian. Dites, j'ai déjà vu ça quelque part.

– Déjà vu ! s'exclama Caspian. Ah ça ! bien sûr que vous l'avez déjà vu. Ce sont les armes d'une grande maison narnienne. C'est le bracelet du seigneur Octesian.

– Scélérat ! dit Ripitchip au dragon. Tu as dévoré un seigneur narnien ?

Mais le dragon secoua énergiquement la tête.

– Ou peut-être, suggéra Lucy, est-ce lui le seigneur Octesian, transformé en dragon… frappé d'un sortilège, vous savez.

– Ce n'est pas forcément le cas, dit Edmund, tous les dragons amassent de l'or. Mais il y a gros à parier, je crois, qu'Octesian n'est pas allé plus loin que cette île.

– Es-tu le seigneur Octesian ? demanda Lucy au dragon.

Puis, comme il secouait tristement la tête :

– Es-tu quelqu'un qui a été victime d'un sortilège… je veux dire, quelqu'un d'humain ?

Il hocha énergiquement la tête.

Et là, quelqu'un demanda – les gens discutèrent après coup pour savoir qui, de Lucy ou d'Edmund, l'avait dit en premier :

– Tu n'es pas… pas Eustache, par hasard ?

Et Eustache hocha sa terrifiante tête de dragon en tapant sa queue dans la mer et tous firent un bond en arrière (certains des marins avec des imprécations que je ne puis reproduire par écrit) pour éviter les énormes larmes bouillantes qui coulaient de ses yeux.

Lucy essaya désespérément de le consoler et prit même son courage à deux mains pour embrasser la face écailleuse, et presque tout le monde dit : « Quel dommage ! », et plusieurs d'entre eux assurèrent Eustache du soutien de tous, et beaucoup dirent qu'il devait forcément y avoir un moyen de le libérer du sortilège, moyennant quoi il se porterait comme un charme dans un jour ou deux. Tous étaient très impatients, bien sûr, d'entendre son histoire, mais il ne pouvait pas parler. Plus d'une fois au cours des jours qui suivirent il tenta de l'écrire dans le sable pour eux. Mais ça ne marcha jamais. D'une part, Eustache (n'ayant jamais lu les livres qu'il fallait) n'avait pas la moindre idée de la façon de raconter une histoire simplement. D'autre part, les muscles et les nerfs commandant les griffes de dragon dont il devait se servir n'avaient jamais fait l'apprentissage de l'écriture et, de toute façon, elles n'étaient pas faites pour écrire. Résultat, il n'arriva jamais à finir, loin de là, avant que la marée ne vienne effacer tout ce qu'il avait écrit, sauf les parties qu'il avait déjà piétinées ou qu'il avait accidentellement balayées avec sa queue. Et personne ne put rien voir d'autre que quelque chose de ce genre (les points de suspension remplacent les morceaux qu'il avait effacés) :

JE SIUS ALLÉ DORM… RGOS ARGONS NON DRAN-GONS GROTTE PARCE LÉTAIT MORT ET LEUVAIT SI FORT… RÉVEILLÉ ET… ENLEVVER DE MO BRAS OH ZUT…

Pourtant, il était évident aux yeux de tous que le caractère d'Eustache s'était plutôt amélioré depuis qu'il était devenu dragon. Il se montrait soucieux d'être utile. Il survola toute l'île et découvrit qu'elle était entièrement montagneuse et peuplée seulement de chèvres sauvages et de troupeaux de pourceaux. Il en rapporta de nombreuses carcasses pour l'approvisionnement en vivres du bateau. C'était un tueur très humain, en plus, car il pouvait exécuter un animal d'un seul coup de queue, si bien que la bête ne se rendait pas compte (et ne se rend probablement toujours pas compte) qu'on l'avait tuée. Il en mangea lui-même un peu, bien sûr, mais toujours seul dans son coin car, en tant que dragon, il préférait maintenant manger cru, mais il n'était pas question pour autant qu'il impose aux autres le spectacle de ses répugnantes ripailles.

Et un jour, il arriva au camp, d'un vol lent et fatigué, rapportant triomphalement un magnifique pin, de haute taille, qu'il avait déraciné dans une vallée éloignée et qui pouvait servir à fabriquer un grand mât. Et le soir, si l'air devenait frisquet, comme souvent après une forte pluie, il était pour chacun un réconfort, car ils venaient tous s'asseoir le dos contre la chaleur de ses flancs pour bien s'y réchauffer et se sécher ; et une seule bouffée de son souffle enflammé suffisait à faire partir le feu le plus réticent. Parfois, il volait en emmenant sur son dos un petit groupe d'heureux élus qui voyaient ainsi tournoyer en dessous d'eux pentes verdoyantes, sommets rocheux, vallées étroites comme des tranchées et, très loin là-bas par-delà la mer du côté de l'est, un endroit d'un bleu plus sombre que l'horizon et qui aurait bien pu être une terre.

Le bonheur (tout à fait nouveau pour lui) d'être aimé et, plus encore, d'aimer d'autres personnes, voilà ce qui préservait Eustache du désespoir. Car c'était vraiment lassant d'être un dragon. Il frissonnait d'horreur chaque fois qu'il apercevait son propre reflet en survolant un lac de montagne. Il détestait ses immenses ailes de chauve-souris, l'arête en dents de scie sur son dos et ses griffes crochues et cruelles. Il avait presque toujours peur de se retrouver seul avec lui-même, et pourtant il avait honte en présence des autres. Les soirs où on ne l'utilisait pas comme bouillotte, il s'éloignait furtivement du camp et se couchait, lové comme un serpent, entre le bois et la mer. Dans ces moments-là, à sa très grande surprise, Ripitchip était son consolateur le plus constant. Noble, la souris rampait hors du cercle joyeux qui entourait le feu de camp et venait s'asseoir près de la tête du dragon, bien au vent pour ne pas être exposée à son souffle fumant. Là, Ripitchip expliquait à Eustache que ce qui lui était arrivé était une illustration frappante des retournements de situation que nous réserve la roue de la fortune, et que s'il le recevait dans sa maison de Narnia (c'était en fait un trou plus qu'une maison et la tête du dragon, sans parler de son corps, n'y aurait pas tenu), il pourrait lui montrer au moins cent exemples d'empereurs, de rois, ducs, chevaliers, poètes, amoureux, astronomes, philosophes et magiciens qui avaient été déchus de leur prospérité pour tomber dans les situations les plus lamentables, dont beaucoup d'entre eux s'étaient sortis pour vivre heureux tout le reste de leur vie. Cela ne semblait peut-être pas très réconfortant sur le moment, mais l'intention était bonne et Eustache ne devait jamais l'oublier.

Mais ce qui, bien sûr, était suspendu comme un nuage d'orage au-dessus de la tête de chacun, c'était de savoir quoi faire de leur dragon quand ils seraient prêts à mettre les voiles. Ils s'efforçaient de ne pas en parler devant lui, mais il ne pouvait éviter de surprendre des propos tels que :

– Est-ce qu'il tiendrait tout entier le long d'un côté du pont ? Il faudrait alors faire passer toutes les provisions de l'autre côté pour équilibrer.

Ou :

– Est-ce que ce serait bien de le remorquer ?

Ou encore :

– Est-ce qu'il serait capable de nous suivre en volant ?

Et la question la plus fréquente :

– Mais comment allons-nous bien pouvoir le nourrir ?

Et ce pauvre Eustache se rendait compte que, depuis le jour où il était arrivé à bord, il n'avait cessé d'être une vraie calamité, et qu'il était devenu maintenant une calamité encore pire. Et cela lui rongeait l'esprit, tout comme le bracelet rongeait sa patte de devant. Il savait que ça ne faisait qu'aggraver les choses de tirer dessus avec ses grandes dents, mais il ne pouvait s'empêcher de le faire de temps en temps, particulièrement quand les nuits étaient chaudes.

Environ six jours après qu'ils eurent débarqué sur l'île du Dragon, il se trouva qu'Edmund fut, un matin, réveillé très tôt. Le ciel commençait juste à s'éclaircir, si bien que l'on pouvait voir les troncs des arbres qui les séparaient de la baie, mais pas ceux qui étaient côté montagne. En se réveillant, il crut entendre bouger quelque chose, alors il se souleva sur un coude pour regarder autour de lui et, à ce moment-là, il crut voir une silhouette sombre bouger à la lisière du bois, du côté de la mer. L'idée qui lui vint d'abord à l'esprit fut : « Après tout, sommes-nous si sûrs qu'il n'y ait pas d'indigènes sur cette île ? » Puis il crut que c'était Caspian – c'était à peu près la bonne taille – mais il savait que ce dernier avait dormi à côté de lui et voyait bien qu'il n'avait pas bougé. Edmund s'assura alors que son épée était en place et se leva pour aller voir.

Il marcha doucement jusqu'à la lisière du bois ; la silhouette sombre était toujours là. Il pouvait voir maintenant que c'était trop petit pour être Caspian, et trop grand pour être Lucy. Cela ne fuyait pas. Edmund tira son épée et allait défier l'étranger quand il l'entendit lui dire :

– C'est toi, Edmund ?

– Oui, qui es-tu ? demanda-t-il.

– Tu ne me reconnais pas ? C'est moi… Eustache.

– Bon sang, s'exclama Edmund, mais c'est bien vrai ! Mon vieux copain…

– Chut ! dit-il en titubant comme s'il était sur le point de tomber.

– Holà ! souffla Edmund en le soutenant. Qu'est-ce qui ne va pas ? Tu es malade ?

Eustache resta si longtemps silencieux que son cousin pensa qu'il était en train de s'évanouir ; mais il finit par dire :

– C'était horrible. Tu ne peux pas savoir… mais tout va bien, maintenant. On peut aller bavarder quelque part ? Je ne veux pas rencontrer les autres tout de suite.

– Oui et comment ! Où tu voudras, répondit Edmund.

On peut aller s'asseoir sur ces rochers, là-bas. Dis donc, je suis vraiment heureux de voir que… heu… tu es redevenu tel que tu es là. Tu dois avoir vécu un moment assez épouvantable.

Ils allèrent jusqu'aux rochers et s'assirent en regardant de l'autre côté de la baie tandis que le ciel pâlissait de plus en plus et que les étoiles disparaissaient à l'exception d'une seule très brillante, bas sur l'horizon.

– Je ne vais pas te raconter comment je suis devenu un… un dragon avant de le faire devant vous tous une fois pour toutes, dit Eustache. À propos, je ne savais même pas que ça s'appelait comme cela avant de vous avoir tous entendus prononcer ce mot lorsque je me suis montré l'autre matin. Je vais te raconter comment j'ai cessé d'en être un.

– Vas-y, lui dit son cousin.

– Eh bien, la nuit dernière, j'étais plus malheureux que jamais. Et cette saleté de bracelet me faisait un mal de chien…

– C'est arrangé, maintenant ?

Eustache rit d'un rire qu'Edmund ne lui avait jamais connu et fit glisser sans effort le bracelet le long de son bras.

– Le voilà, et qui le voudra peut bien le prendre… Eh bien, comme je te disais, j'étais couché sans dormir, me demandant ce que j'allais bien pouvoir devenir. Et alors… mais, attention, hein, tout ça peut très bien n'avoir été qu'un rêve. Je ne sais pas.

– Continue, l'encouragea-t-il avec une patience impressionnante.

– En tout cas, en levant les yeux, j'ai vu vraiment la dernière chose que je m'attendais à voir : un énorme lion s'avançant doucement vers moi. Et ce qui était étrange, c'est qu'il n'y avait pas de clair de lune hier soir, mais la lune brillait là où était le lion. Alors, il s'est approché de plus en plus près. J'en avais terriblement peur. Tu dois te dire que, comme j'étais un dragon, je pouvais assez facilement mettre KO n'importe quel lion. Mais ce n'était pas ce genre de peur. Je n'avais pas peur qu'il me mange, j'avais seulement peur de lui… si tu vois ce que je veux dire. Enfin, il est venu tout près de moi et m'a regardé droit dans les yeux. Et je les ai fermés très fort. Mais ça n'a servi à rien, car il m'a dit de le suivre.

– Tu veux dire qu'il parlait ?

– Je ne sais pas. Maintenant que tu le dis, je ne crois pas, non. Mais il me l'a dit quand même. Et j'ai compris que je devrais faire ce qu'il me demandait et je me suis levé pour le suivre. Et il m'a emmené loin dans les montagnes. Et il y avait toujours cette clarté de la lune sur le lion et autour de lui, où qu'il aille. Alors, on a fini par arriver au sommet d'une montagne que je n'avais jamais vue auparavant et, en haut de cette montagne, il y avait un jardin… des arbres, des fruits, tout. Au milieu, un puits.

« J'ai compris que c'était un puits parce qu'on pouvait voir l'eau bouillonner au fond. Mais il était beaucoup plus grand que la plupart des puits… comme une très grande baignoire ronde avec des marches en marbre pour y descendre. L'eau était aussi claire que possible et je me suis dit que, si je pouvais y entrer pour me baigner, cela soulagerait la douleur de ma patte. Mais le lion m'a dit que je devais d'abord me déshabiller. Attention, hein, je ne sais pas s'il a dit quoi que ce soit à haute voix, ou pas.

« J'étais sur le point de lui dire que je ne pouvais pas me déshabiller puisque je ne portais pas de vêtements, quand j'ai pensé tout d'un coup que les dragons sont de la même famille que les serpents et que les serpents peuvent changer de peau. Ah ! bien sûr, ai-je pensé, c'est ce que le lion veut dire. Alors, j'ai commencé à me gratter et mes écailles se sont mises à tomber de partout sur mon corps. Et puis j'ai gratté un peu plus et, au lieu d'écailles tombant par-ci, par-là, toute ma peau a commencé à peler magnifiquement, comme après une maladie, ou comme si j'étais une banane. Au bout d'une minute ou deux, je n'ai eu qu'à l'enjamber pour en sortir. Je la voyais par terre, là, à côté de moi, plutôt affreuse. C'était un sentiment absolument merveilleux. Alors, j'ai commencé à descendre dans le puits pour me baigner.

« Mais, juste au moment où j'allais mettre mes pieds dans l'eau, je les ai regardés et j'ai vu qu'ils étaient tout durs, rugueux, ridés et écailleux, tout à fait comme avant. "Ah ! ce n'est pas grave, ai-je pensé, ça veut dire que j'avais un autre petit vêtement en dessous du premier, et qu'il me faudra le quitter aussi." Alors, j'ai gratté et tiré à nouveau et cette sous-peau est partie magnifiquement et je l'ai enjambée pour en sortir en la laissant par terre à côté de l'autre et puis je suis descendu au puits pour prendre mon bain.

« Eh bien, il s'est produit la même chose à nouveau. Et je me suis dit à moi-même : "Oh ! mon vieux, combien de peaux il va falloir que je m'enlève comme ça ?" Parce que j'avais très envie de mettre ma patte dans l'eau. Alors, je me suis gratté pour la troisième fois et j'ai enlevé une troisième peau, exactement comme les deux autres, et je l'ai enjambée pour en sortir. Mais, dès que je me suis regardé dans l'eau, j'ai vu que ça n'avait servi à rien.

« Alors, le lion m'a dit – mais je ne sais pas s'il parlait : "Il va falloir que tu me laisses te déshabiller." J'avais peur de ses griffes, je peux te l'avouer, mais j'étais presque complètement désespéré à ce moment-là. Alors, je me suis simplement couché à plat sur le dos pour le laisser faire.

« La toute première griffure qu'il m'a faite était si profonde que j'ai eu l'impression qu'elle avait atteint mon cœur. Et quand il a commencé à retirer la peau, ça faisait plus mal que tout ce que j'ai jamais pu sentir. La seule chose qui me permettait de tenir le coup, c'était juste le plaisir de sentir ce truc s'arracher. Tu sais… quand tu arraches la croûte d'une écorchure. Ça fait un mal de chien mais c'est si amusant de la voir s'en aller.

– Je vois exactement ce que tu veux dire, acquiesça Edmund.

– Bon, alors, il a pelé ce damné truc complètement – juste comme je croyais l'avoir fait moi-même les trois autres fois, sauf que ça ne m'avait pas fait mal – et c'était là par terre dans l'herbe : seulement tellement plus épais, plus sombre, et l'air plus noueux que les autres. Et j'étais là, lisse et doux comme une baguette écorcée, et plus petit qu'avant. Alors, il m'a saisi – je n'aimais pas beaucoup ça, parce que j'étais très sensible par-dessous, maintenant que je n'avais plus de peau – et il m'a jeté dans l'eau. Ça a piqué comme l'enfer, mais seulement un moment. Après, c'est devenu tout à fait délicieux et, dès que j'ai commencé à barboter et à nager, j'ai découvert que je n'avais plus du tout mal au bras. Et là, j'ai vu pourquoi. J'étais redevenu un garçon. Tu vas croire que je suis dingue si je te dis ce que j'ai ressenti à propos de mes bras. Je sais bien qu'ils ne sont pas musclés et sont plutôt minables comparés à ceux de Caspian, mais j'étais tellement content de les voir !

« Au bout d'un moment le lion m'a sorti de l'eau et m'a habillé…

– Habillé ? Avec ses pattes ?

– Eh bien, je ne me rappelle pas exactement ce moment-là. Mais il l'a fait, d'une façon ou d'une autre, avec de nouveaux vêtements… ceux que je porte maintenant, en fait. Et puis, d'un seul coup, j'étais revenu ici. Ce qui me fait penser que ça devait être un rêve.

– Non, ce n'était pas un rêve, dit Edmund.

– Pourquoi donc ?

– Eh bien, il y a les vêtements, d'une part. Et tu as été… enfin, dé-dragoné, d'autre part.

– Qu'est-ce que tu crois que c'était, alors ? demanda Eustache.

– Je crois que tu as vu Aslan, dit Edmund.

– Aslan ! J'ai entendu plusieurs fois citer ce nom depuis qu'on a embarqué sur le *Passeur d'Aurore*. Et j'avais l'impression – je ne sais pourquoi – de le détester. Mais je détestais tout, à ce moment-là. Et au fait, je voudrais te présenter des excuses. J'ai bien peur d'avoir été plutôt odieux.

– N'en parlons plus. Soit dit entre nous, tu n'as pas été aussi mauvais que moi lors de mon premier voyage à Narnia. Tu t'es conduit comme un imbécile, sans plus ; moi, je m'étais conduit comme un traître.

– Bon, alors ne me raconte pas, dit Eustache. Mais qui est Aslan ? Tu le connais ?

– Enfin… Il me connaît, lui, précisa Edmund. C'est le grand Lion, le fils de l'empereur-d'au-delà-des-mers, qui m'a sauvé, et qui a sauvé Narnia. Nous l'avons tous vu. C'est Lucy qui le voit le plus souvent. Et notre cap actuel pourrait bien nous mener au pays d'Aslan.

Aucun des deux ne dit plus rien pendant un moment. L'éclat de la dernière étoile avait pâli et, bien que les montagnes sur leur droite les empêchent de voir le lever du soleil, ils savaient qu'il avait commencé car le ciel au-dessus d'eux, comme la baie devant eux, s'était coloré de rose. Puis un oiseau de la famille des perroquets cria dans le bois derrière eux, ils entendirent bouger entre les arbres, et Caspian sonner du cor. Le camp était éveillé.

Grande fut la joie de tous quand entrèrent dans le cercle du petit déjeuner, autour du feu de camp, Edmund et un Eustache retrouvé. Et là, bien sûr, chacun put entendre le début de son histoire. Les gens se demandèrent si l'autre dragon avait tué le seigneur Octesian plusieurs années plus tôt ou si ce vieux dragon avait été Octesian lui-même. Les joyaux dont Eustache avait bourré ses poches dans la grotte avaient disparu avec les vêtements qu'il portait alors ; mais personne, et Eustache moins que quiconque, n'avait la moindre envie de retourner dans cette vallée pour puiser à nouveau dans le trésor.

Quelques jours plus tard, le *Passeur d'Aurore*, remâté, repeint et bien approvisionné, était prêt à appareiller. Avant qu'ils n'embarquent, Caspian fit graver sur une partie lisse de la falaise, face à la baie, les mots suivants :

*Île du Dragon
Découverte par Caspian X, roi de Narnia, etc.
dans la quatrième année de son règne.
Nous supposons qu'ici le seigneur Octesian
trouva la mort.*

Il serait agréable, et assez proche de la vérité, de pouvoir dire que, à compter de ce moment, Eustache fut un garçon différent. Pour être tout à fait précis, il *commença* à devenir un garçon différent. Il connut des rechutes. Il y eut encore beaucoup de jours où il pouvait être très fatigant. Mais je ne les mentionnerai pas pour la plupart. Sa guérison avait commencé.

Le bracelet du seigneur Octesian connut un étrange destin. Eustache n'en voulait pas et l'offrit à Caspian, qui l'offrit à Lucy. Elle non plus ne tenait pas à l'avoir.

– Très bien, alors l'attrape qui pourra, dit Caspian en le lançant en l'air.

À ce moment-là, ils étaient tous immobiles, les yeux fixés sur l'inscription. L'anneau s'envola, étincelant dans la lumière du soleil, puis il s'accrocha et resta suspendu, aussi nettement qu'un palet bien lancé, à une petite saillie de la falaise rocheuse. D'en bas, personne ne pouvait escalader la paroi pour aller le prendre et, d'en haut, personne ne pouvait descendre pour le récupérer. Et c'est là, pour autant que je sache, qu'il est encore suspendu, et là il pourrait bien rester jusqu'à ce que disparaisse ce monde-ci.

Chapitre 8
Deux fuites précipitées

Tout le monde était joyeux à bord quand le *Passeur d'Aurore* quitta l'île du Dragon. Ils eurent de bons vents dès leur sortie de la baie, et touchèrent, tôt le matin suivant, cette terre inconnue que certains d'entre eux avaient vue en survolant les montagnes quand Eustache était encore un dragon. C'était une île basse et verdoyante peuplée seulement de lapins et de quelques chèvres, mais le sol noirci par endroits, là où l'on avait fait du feu, et des huttes de pierre en ruine leur firent comprendre qu'elle avait été habitée peu de temps auparavant. Il y avait aussi des os et des armes brisées.

– Travail de pirates, dit Caspian.

– Ou de dragon, suggéra Edmund.

La seule autre chose qu'ils y trouvèrent fut un petit bateau de cuir, un canoë, sur le sable. Il était fait d'une peau de bête tendue sur une structure d'osier. C'était vraiment un tout petit bateau, d'à peine plus d'un mètre de long, et la pagaie restée à l'intérieur était en proportion. Ils se dirent qu'on l'avait fait pour un enfant, ou alors que les gens qui les avaient précédés étaient des nains. Ripitchip décida de le garder, puisqu'il était juste de la bonne taille pour lui, et on le monta à bord. Ils baptisèrent cette terre l'île Brûlée, et appareillèrent avant midi.

Pendant quelque cinq jours et cinq nuits, ils filèrent, poussés par un vent de sud-sud-est, sans aucune terre en vue, sans rencontrer ni poissons ni goélands. Puis un matin, il plut à verse jusqu'après l'heure de midi. Eustache perdit deux parties d'échecs contre Ripitchip et commença à redevenir aussi désagréable qu'avant. Edmund dit qu'il regrettait que Lucy et lui n'aient pu aller en Amérique avec Susan, puis Lucy regarda par une fenêtre de la dunette et s'exclama :

– Hé ! Dites, je crois que ça s'arrête. Mais qu'est-ce que c'est que ça ?

Ils se précipitèrent tous sur le gaillard d'arrière et constatèrent que la pluie avait cessé, mais que Drinian, qui était de quart, avait lui aussi les yeux fixés sur quelque chose, derrière le bateau. Ou sur plusieurs choses, plutôt. Un peu comme des rochers lisses et arrondis, tous en ligne, séparés par des intervalles d'environ une douzaine de mètres.

– Mais ça ne peut pas être des rochers, disait Drinian, ils n'étaient pas là voilà cinq minutes.

– Et il y en a un qui vient de disparaître, observa Lucy.

– Oui, et un autre vient de sortir, ajouta Edmund.

– Et plus près qu'avant, dit Eustache.

– Zut ! s'exclama Caspian. Ça vient dans notre direction.

– Et à une vitesse bien supérieure à nos possibilités, Sire, dit Drinian. « Il » nous aura rattrapés dans une minute.

Tous retinrent leur souffle, car il n'est jamais agréable d'être poursuivi par quelque chose d'inconnu, que ce soit sur terre ou sur mer. Mais cela se révéla bien pire que ce qu'aucun d'entre eux aurait pu soupçonner. Soudain, à bâbord, et pas plus loin que la longueur d'un terrain de football environ, une tête effrayante se redressa, s'arrachant à la mer. Elle était tout entière dans les verts et vermillons avec quelques taches de violet – sauf là où s'accrochaient des coquillages – et avait à peu près la forme d'une tête de cheval, mais sans oreilles. Elle avait des yeux énormes, des yeux faits pour scruter les profondeurs obscures de l'océan, et une gueule béante emplie d'une double rangée de dents comme celles d'un requin. Elle surmontait ce qu'ils prirent d'abord pour un cou immense mais, comme il en émergeait de plus en plus, tous comprirent que ce n'était pas son cou mais son corps, et qu'ils voyaient enfin ce que tant de gens ont sottement rêvé de voir… le grand serpent de mer. Les replis de sa queue gigantesque se voyaient au loin, émergeant à intervalles réguliers. Et maintenant, sa tête culminait plus haut que le mât.

Chacun des hommes courut prendre son arme, mais il n'y avait rien à faire, le monstre était hors d'atteinte.

– Tirez ! Tirez ! criait le maître archer.

Et plusieurs lui obéirent, mais les flèches ricochaient sur la peau du serpent de mer comme sur une cuirasse. Puis, pendant une minute terrible, personne ne bougea plus, ils fixaient tous ses yeux et sa gueule en se demandant où il allait attaquer.

Mais il n'attaqua pas. Il avança la tête au-dessus du bateau au niveau de la vergue du mât. Maintenant, elle était juste à côté du poste de vigie. Il s'allongea et s'allongea encore jusqu'à ce que sa tête surplombe le bastingage de tribord. Puis il commença à descendre… pas sur le pont envahi par les hommes, mais dans la mer, si bien que tout le bateau se trouva placé sous une arche de serpent. Et, presque aussitôt, cette arche commença à se rétrécir : en fait, à tribord, le serpent de mer touchait presque maintenant le flanc du *Passeur d'Aurore*.

Eustache (qui avait vraiment fait les plus grands efforts pour se conduire bien, jusqu'à ce que la pluie et les échecs le fassent retomber dans ses travers) accomplit alors le premier acte de bravoure de sa vie. Il portait une épée que Caspian lui avait prêtée. Dès que le corps du serpent fut assez près sur tribord, il bondit sur le bastingage et se mit à le frapper de toutes ses forces. Il est vrai qu'il n'arriva à rien d'autre qu'à casser en morceaux la meilleure épée de rechange de Caspian, mais c'était un bel exploit pour un débutant.

D'autres se seraient joints à lui si à cet instant Ripitchip n'avait crié :

– Ne vous battez pas ! Poussez !

Il était si inattendu d'entendre la souris les inciter à ne pas se battre que, même en cet instant terrible, tous les yeux se tournèrent vers lui. Et, quand il sauta à son tour sur le bastingage, en avant du serpent, plaqua son petit dos couvert de poils contre l'énorme dos gluant et écailleux et commença à pousser de toutes ses forces, la plupart d'entre eux virent ce qu'il voulait dire et se ruèrent des deux côtés du bateau pour faire de même. Et quand, un instant plus tard, la tête du serpent de mer réapparut, cette fois sur bâbord et en leur tournant le dos, alors ils comprirent tous.

La bête avait fait un anneau de son corps autour du *Passeur d'Aurore* et commençait à le resserrer. Quand il le serait complètement – snap ! – il n'y aurait plus, à la place du bateau, que des morceaux d'allumette flottant sur la mer, et le serpent de mer pourrait récupérer les passagers dans l'eau un par un. Leur seule chance était de pousser l'anneau vers l'arrière pour le faire passer par-dessus la poupe ; ou encore (pour dire la même chose autrement) de pousser le bateau en avant pour le faire sortir de l'anneau.

Ripitchip tout seul n'avait, bien sûr, pas plus de chance d'y arriver que de soulever une cathédrale, mais il s'était presque tué à la tâche avant d'être écarté par les autres. Très vite, tous les occupants du bateau, à l'exception de Lucy et de la souris (qui était évanouie), se disposèrent en deux longues files le long des deux bastingages, la poitrine de chaque homme contre le dos de l'homme devant lui, si bien que tout le poids de la file était concentré sur le dernier, qui poussait pour leur vie à tous. Pendant quelques désespérantes secondes (qui leur parurent des heures) il sembla que rien ne se passa. Des jointures craquaient, de la sueur coulait, leur souffle se transformait en grognements et suffocations. Puis ils sentirent le bateau avancer. Ils virent que l'anneau du serpent était plus loin du mât qu'auparavant. Mais aussi qu'il s'était resserré. Le moment critique était arrivé. Pourraient-ils le faire passer par-dessus la poupe, ou était-il déjà trop étroit ? Oui. Cela irait tout juste. Il touchait les rambardes à l'arrière. Une douzaine d'hommes, plus même, bondirent à la poupe. C'était beaucoup mieux. Le corps du serpent de mer était descendu si bas, maintenant, qu'ils purent se mettre en ligne en travers de la poupe et pousser tous, côte à côte. L'espoir revint, jusqu'à ce que chacun pense à la haute sculpture de l'arrière, la queue de dragon du *Passeur d'Aurore*. Il serait pratiquement impossible de faire passer la bête par-dessus.

– Une hache ! hurla Caspian d'une voix rauque. Et continuez à pousser !

Lucy, qui savait où se trouvait toute chose, l'entendit du pont principal où elle se tenait, les yeux fixés sur la poupe. En quelques secondes, elle était passée en dessous, avait pris la hache et remontait déjà l'échelle de poupe à toute vitesse. Mais, quand elle arriva en haut, il y eut un grand craquement comme celui d'un arbre qui s'abat, le bateau tangua et bondit en avant. Car au même instant, soit parce qu'on poussait très fort le serpent de mer, soit parce qu'il avait bêtement décidé de resserrer complètement le nœud, toute la sculpture de l'arrière s'était détachée, libérant le bateau.

Les autres étaient trop épuisés pour voir ce que vit Lucy. Là, à quelques mètres derrière eux, l'anneau que formait le corps du serpent de mer se referma rapidement et disparut dans un jaillissement. Lucy a toujours dit par la suite (mais, bien sûr, sur le moment elle était très excitée, et cela pourrait n'avoir été que le fruit de son imagination) qu'elle avait vu, sur le visage de l'animal, l'expression d'une stupide satisfaction. Ce qui est sûr, c'est que cette créature était vraiment niaise car, au lieu de poursuivre le bateau, elle tourna la tête en tous sens et se mit à se flairer tout le corps comme si elle s'attendait à y trouver l'épave du *Passeur d'Aurore*. Mais le navire était déjà loin, poussé par une brise nouvelle, avec ses hommes effondrés partout sur le pont, cherchant leur souffle et grognant, jusqu'au moment où ils furent capables d'en parler et d'en rire. Et, quand on eut servi du rhum, ils poussèrent même des acclamations et tous louèrent le courage d'Eustache (même si cela n'avait servi à rien) et de Ripitchip.

Après quoi, ils voguèrent encore pendant trois jours sans rien voir d'autre que la mer et le ciel. Le quatrième jour, le vent tourna pour se mettre au nord, la mer se mit à gonfler ; avant l'après-midi, cela commençait à ressembler à un grain. Mais, au même moment, ils aperçurent une terre sur bâbord.

– Avec votre permission, Sire, nous pourrions essayer d'aller à la rame nous mettre à l'abri de cette terre et y mouiller, jusqu'à ce que la mer se soit calmée.

Caspian donna son accord, mais malgré de longues heures passées à ramer contre le vent, ils ne purent atteindre la terre qu'en fin d'après-midi. Avant le dernier rayon de soleil, ils barrèrent vers un havre naturel où ils jetèrent l'ancre, mais personne ne se rendit à terre ce soir-là. Le matin, ils se réveillèrent dans une baie verdoyante au cœur d'un paysage accidenté, apparemment désert, qui montait en pente raide jusqu'à un sommet rocheux. Venus de derrière ce sommet et poussés par le vent du nord, des nuages défilaient rapidement. Ils mirent la chaloupe à la mer en y déposant les barils d'eau qui étaient vides.

– À quel torrent irons-nous prendre de l'eau, Drinian ? demanda Caspian en s'asseyant à l'arrière de la chaloupe. Apparemment, il y en a deux qui descendent jusqu'à la baie.

– Cela ne fait pas beaucoup de différence, Sire, lui répondit le capitaine. Mais je pense qu'il est plus court d'aller à celui-là, sur tribord… celui de l'est.

– Voilà la pluie, observa Lucy.

– J'en ai bien l'impression ! s'exclama Edmund, car il tombait déjà des cordes. Dites donc, allons plutôt vers l'autre torrent. Là-bas, il y a des arbres et nous serons à l'abri.

– Oui, allons-y, renchérit Eustache. Je ne vois pas l'intérêt d'être trempés si on peut l'éviter.

Mais, pendant ce temps, Drinian continuait à barrer vers tribord, comme ces gens fatigants qui, en voiture, continuent à rouler à cent à l'heure alors que vous êtes en train de leur expliquer qu'ils se sont trompés de route.

– Ils ont raison, Drinian, intervint Caspian. Pourquoi ne virez-vous pas de bord pour aller vers le torrent de l'ouest ?

– Au service de Votre Majesté, répliqua Drinian d'un ton un peu sec.

Il avait eu son lot de soucis et d'angoisse la veille

quand le temps s'était gâté, et il n'aimait pas recevoir de conseils de terriens. Mais il modifia sa trajectoire et, comme on devait le découvrir par la suite, ce fut une bonne chose.

Avant qu'ils n'aient fini de s'avitailler en eau, la pluie avait cessé et Caspian, Eustache, les Pevensie et Ripitchip décidèrent de monter au sommet de la colline pour voir ce qu'on découvrait de là-haut. Ce fut une escalade assez raide parmi l'herbe sèche et la bruyère, et ils ne virent ni homme ni bête, sauf des goélands. En atteignant le sommet, ils découvrirent que l'île était toute petite, pas plus d'une dizaine d'hectares et, de cette hauteur, la mer apparaissait plus grande et plus désolée que du pont du bateau, ou même de la vigie du *Passeur d'Aurore*.

– C'est fou, tu sais, chuchota Eustache à Lucy en fixant l'horizon à l'est. Naviguer encore et encore *par là*, sans avoir la moindre idée de ce qu'on pourra bien trouver au bout.

Mais il le dit un peu machinalement, sans la méchanceté qu'il y aurait mise autrefois.

Il faisait trop froid pour rester longtemps sur la crête car le vent du nord était encore frais.

– Ne rentrons pas par le même chemin, dit Lucy quand ils firent demi-tour. Continuons un peu et descendons par l'autre torrent, celui auquel voulait aller Drinian.

Ils furent tous d'accord et, au bout de quinze minutes environ, ils se trouvèrent à la source de la seconde rivière. C'était un endroit plus intéressant qu'ils ne l'avaient imaginé : un lac de montagne profond, entouré de parois rocheuses avec juste un passage étroit du côté de la mer, par où l'eau s'écoulait. Là, ils se trouvèrent enfin à l'abri du vent, et s'assirent tous dans la bruyère en haut de la falaise pour souffler un peu.

Mais l'un d'entre eux (c'était Edmund) bondit à nouveau sur ses pieds dès qu'il se fut assis.

– Ils aiment bien les pierres coupantes, dans cette île, dit-il en fouillant la bruyère. Où est ce maudit truc ?… Ah ! ça y est, je l'ai… Oh là ! Ce n'est pas du tout une pierre, c'est la poignée d'une épée. Non, bon sang ! c'est toute une épée ; enfin, ce que la rouille en a laissé. Elle doit être là depuis un sacré bout de temps.

Ils firent cercle.

– Une épée narnienne, en plus, d'après son aspect, précisa Caspian.

– Je suis assise aussi sur quelque chose, dit Lucy. Quelque chose de dur.

Cela se révéla être les restes d'une cotte de mailles. Désormais, ils étaient tous à quatre pattes, tâtonnant dans l'herbe en tous sens. Leur fouille mit au jour, dans l'ordre, un casque, un poignard et quelques pièces de monnaie. Pas des croissants calormènes, mais d'authentiques Lions et Arbres narniens comme vous pouvez en voir n'importe quel jour de marché à Beaversdam ou à Beruna.

– Ça pourrait bien être tout ce qui reste de l'un de nos sept seigneurs, dit Edmund.

– C'est juste ce que j'étais en train de penser, approuva Caspian. Je me demande lequel c'était. Il n'y a rien sur le poignard qui permette de l'identifier. Et je me demande comment il est mort.

– Et comment nous allons le venger, ajouta Ripitchip.

Edmund, le seul de la bande qui ait lu des romans policiers, avait réfléchi entre-temps.

– Attendez un peu, il y a quelque chose de louche, là-dedans. Il ne peut pas avoir été tué dans un combat.

– Et pourquoi ? lui demanda Caspian.

– Pas de squelette. Un ennemi pourrait avoir emporté l'armure et laissé le corps. Mais qui a jamais entendu parler d'un type qui, après avoir gagné une bataille, aurait emporté le corps en laissant l'armure ?

– Peut-être qu'il a été tué par une bête féroce, suggéra Lucy.

– Ce serait un animal intelligent, pour enlever à un homme sa cotte de mailles.

– Peut-être un dragon ? risqua Caspian.

– Rien à voir, dit Eustache. Un dragon en serait incapable. J'en sais quelque chose.

– Bon, eh bien, allons-nous-en de cet endroit, de toute façon, décida Lucy.

Elle n'avait plus envie de s'asseoir depuis qu'Edmund avait soulevé la question du squelette.

– Si vous voulez, dit Caspian. Je ne pense pas que ça vaille la peine d'emporter quoi que ce soit.

Ils descendirent vers la petite ouverture par où le courant s'écoulait en partant du lac, et s'arrêtèrent pour contempler l'eau profonde encerclée par les falaises. S'il avait fait chaud, sans aucun doute certains auraient été tentés par un bain et tous auraient bu. En fait, même avec cette fraîcheur, Eustache était vraiment sur le point de descendre et de prendre de l'eau dans ses mains quand Ripitchip et Lucy s'exclamèrent en chœur :

– Regardez !

Ce qui fit oublier à Eustache son envie de boire et l'amena à regarder dans l'eau.

Le fond du lac était tapissé de grandes pierres d'un gris-bleu, l'eau était parfaitement transparente, et sur ce fond reposait la silhouette grandeur nature d'un homme, apparemment tout en or. Il gisait sur le ventre, les bras étendus au-dessus de sa tête. Et il se trouva que, alors qu'ils le regardaient, les nuages se séparèrent et le soleil brilla. La forme dorée fut entièrement éclairée. Lucy se dit que c'était la plus belle statue qu'elle ait jamais vue.

– Eh bien ! siffla Caspian. Cela valait la peine de venir ! Je me demande si on peut la sortir de là ?

– Nous pouvons plonger pour aller la chercher, Sire, dit Ripitchip.

– Ça ne servirait à rien, dit Edmund. D'abord, si c'est vraiment de l'or – de l'or massif – elle sera beaucoup trop lourde à soulever. Et ce lac est profond de quatre ou cinq mètres, au moins. Un instant ! C'est une chance que j'aie apporté avec moi une lance de chasse. Regardons quelle *est* à peu près la profondeur. Retiens-moi par la main, Caspian, tandis que je me penche au-dessus de l'eau.

Caspian lui prit la main et Edmund, se penchant en avant, commença à immerger sa lance dans l'eau.

Avant qu'il n'en ait plongé la moitié, Lucy dit :

– Je crois que la statue n'est pas du tout en or. C'est seulement la lumière. Ta lance a l'air exactement de la même couleur.

– Qu'est-ce qui ne va pas ? demandèrent plusieurs voix à la fois.

Car Edmund avait subitement laissé couler la lance.

– Je ne pouvais pas la retenir, souffla-t-il. Elle pesait si lourd.

– Et maintenant, elle est là, au fond, dit Caspian, et Lucy a raison. Elle est de la même couleur que la statue.

Mais Edmund, qui semblait avoir un problème avec ses chaussures – il se penchait pour les regarder –, se redressa soudain d'un seul coup et cria de cette voix dure à laquelle il est très rare que les gens n'obéissent pas :

– Écartez-vous ! Écartez-vous de l'eau. Tous. Tout de suite !

Ils s'exécutèrent tous.

– Regardez, dit-il, regardez le bout de mes chaussures.

– Ils ont l'air un peu jaunes… commença Eustache.

– Ils sont en or, en or massif, l'interrompit Edmund. Regardez-les. Touchez-les. Le cuir en est déjà parti. Et elles pèsent comme du plomb.

– Par Aslan ! s'exclama Caspian. Tu ne veux pas dire… ?

– Si. Cette eau change les choses en or. Par elle, ma lance a été changée en or, c'est pourquoi elle est devenue si lourde. Elle clapotait tout juste contre le bout de mes pieds (c'est une bonne chose que je n'aie pas été pieds nus) et elle a changé le bout de mes chaussures en or. Et ce pauvre homme au fond… enfin, vous voyez…

– Alors, ce n'est pas du tout une statue, dit Lucy à voix basse.

– Non. Tout est clair à présent. Il est arrivé ici un jour de chaleur. Il s'est déshabillé en haut de la falaise… là où nous étions assis. Les vêtements ont pourri, ou ils ont été emportés par des oiseaux pour l'intérieur de leurs nids ; l'armure est toujours là. Puis il a plongé et…

– Tais-toi, l'interrompit Lucy. Quelle chose horrible !

– Et pour nous, il s'en est fallu de si peu, dit Edmund.

– De très peu, en effet, commenta Ripitchip. Le doigt de n'importe lequel d'entre nous, son pied, sa moustache ou sa queue pourrait avoir glissé dans l'eau à tout moment.

– Tout de même, dit Caspian, il vaudrait mieux vérifier.

Il se pencha pour arracher une touffe de bruyère. Puis, avec d'infinies précautions, il s'agenouilla sur la rive et la trempa dans l'eau. Ce qu'il trempa, c'était de la bruyère ; ce qu'il ressortit de l'eau était une parfaite reproduction de bruyère, faite de l'or le plus pur, lourde et douce comme du plomb.

– Le roi qui posséderait cette île, dit-il avec lenteur et

en rougissant, serait vite le roi le plus riche du monde. Je proclame cette île possession narnienne pour toujours. On l'appellera l'île de l'Eau-d'Or. Et je vous astreins tous à garder le secret. Personne ne doit être au courant. Pas même Drinian… sous peine de mort, vous m'entendez ?

— À qui crois-tu parler ? lui dit Edmund. Je ne suis pas de tes sujets. À la limite, ce serait plutôt le contraire. Je suis l'un des quatre anciens souverains de Narnia et tu dois allégeance à Peter le Magnifique, mon frère.

— Alors, nous en sommes donc là, roi Edmund, n'est-ce pas ? dit Caspian en mettant la main sur la poignée de son épée.

— Oh ! arrêtez, tous les deux, intervint Lucy. C'est vraiment pire que tout, les garçons, on ne peut jamais rien faire avec eux. Vous êtes des idiots, des fanfarons et des dominateurs… oooh !

Sa voix s'étrangla. Et tous les autres virent ce qu'elle avait vu.

Traversant la pente grise sous laquelle ils se trouvaient – grise parce que la bruyère n'était pas encore en fleur – sans bruit et sans un regard pour eux, brillant comme s'il était sous un soleil éclatant alors qu'en fait le soleil s'était caché, passait d'un pas lent le lion le plus énorme qu'homme au monde ait jamais vu. Pour décrire la scène, Lucy dit après coup : « Il était aussi grand qu'un éléphant », mais à d'autres moments, elle se contenta de préciser « de la taille d'un cheval de trait ». Mais ce n'était pas la taille qui comptait. Personne ne se hasarda à demander qui il était. Ils savaient que c'était Aslan.

Et personne ne put jamais voir ni comment, ni où il

était parti. Ils se regardèrent les uns les autres comme des gens que l'on vient de tirer de leur sommeil.

– De quoi parlions-nous ? s'étonna Caspian. Je me suis rendu plutôt ridicule, non ?

– Sire, dit Ripitchip, cet endroit est maudit. Retournons à bord tout de suite. Et s'il m'était accordé l'honneur de baptiser cette île, je la nommerais l'île des Eaux-de-la-Mort.

– Cela me paraît un très bon nom, Rip, bien que, maintenant que j'y réfléchis, je ne sache pas pourquoi. Mais le temps a l'air de s'arranger et je crois pouvoir dire que Drinian aimerait bien être parti. Nous allons avoir énormément de choses à lui raconter.

Mais en fait ils ne racontèrent pas grand-chose, car le souvenir de l'heure écoulée était devenu pour eux très confus.

– Leurs Majestés semblaient tout ensorcelées en revenant à bord… confia Drinian à Rhince quelques heures plus tard.

Le *Passeur d'Aurore* était une fois de plus à la voile et l'île des Eaux-de-la-Mort avait disparu de l'horizon.

– … il leur est arrivé quelque chose, là-bas. Tout ce que j'ai pu tirer au clair, c'est qu'ils pensent avoir retrouvé le corps d'un des seigneurs que nous cherchons.

– Pas possible, capitaine ? rétorqua Rhince. Eh bien, ça fait trois. Plus que quatre. À ce train-là, on pourrait être rentrés peu après le Nouvel An. C'est plutôt une bonne chose. Mes provisions de tabac s'épuisent. Bonne nuit, capitaine.

Chapitre 9
L'île des Voix

Et voici que les vents, après avoir soufflé si longtemps du nord-ouest, se mirent plein ouest et, chaque matin, quand le soleil s'élevait au-dessus de la mer, la proue incurvée du *Passeur d'Aurore* se dressait au beau milieu du disque solaire. Certains pensaient que le soleil paraissait plus grand qu'à Narnia, mais d'autres n'étaient pas d'accord. Et ils voguèrent et voguèrent encore, poussés par une brise douce mais constante, sans voir ni poisson, ni goéland, ni vaisseau, ni rivage. Et la réserve de vivres commença à s'épuiser de nouveau, et s'insinua dans leurs cœurs la crainte d'être parvenus, peut-être, à une mer qui n'en finirait jamais. Mais le tout dernier jour après lequel ils pensaient ne plus pouvoir prendre le risque de poursuivre leur route vers l'est, quand l'aube pointa, elle révéla une terre basse, droit devant, s'interposant comme un nuage entre eux et le soleil levant.

Vers le milieu de l'après-midi, ils mouillèrent dans une vaste baie et débarquèrent. C'était un pays très différent de tout ce qu'ils avaient vu jusqu'alors. Car, après avoir traversé la plage de sable, ils constatèrent que tout était silencieux et vide comme une terre inhabitée, mais que devant eux s'étendaient des pelouses plates, au gazon doux et ras comme on peut en trouver dans le parc d'une grande demeure anglaise qui emploierait dix jardiniers à l'année. Les arbres, très nombreux, étaient bien séparés les uns des autres, et il n'y avait par terre ni branche brisée ni feuille morte. De temps à autre, des pigeons roucoulaient, mais aucun autre bruit ne se faisait entendre.

Ils étaient parvenus à une longue allée toute droite et sablonneuse, sans une seule mauvaise herbe, avec des arbres de chaque côté. Loin devant, à l'autre bout de cette allée, ils apercevaient maintenant une très longue maison grise, d'un aspect tranquille, baignée par le soleil de l'après-midi.

Presque dès leur arrivée dans cette allée, Lucy sentit qu'elle avait un petit caillou dans sa chaussure. Dans un endroit inconnu comme celui-là, il aurait été plus sage de sa part, sans doute, de demander aux autres de l'attendre, le temps qu'elle le retire. Mais elle ne le fit pas ; elle resta simplement en arrière sans s'inquiéter et s'assit pour enlever sa chaussure. Son lacet s'était emmêlé.

Avant qu'elle ait fini de défaire le nœud, les autres étaient déjà bien loin. Quand elle eut enlevé le caillou et remis sa chaussure, elle ne les entendait plus. Mais elle entendit autre chose. Cela ne venait pas de la direction de la maison.

C'était un bruit lourd et sourd. Comme si des dizaines d'ouvriers robustes frappaient le sol de toutes leurs forces avec des maillets de bois. Et cela se rapprochait à toute vitesse. Elle était assise contre un arbre, à ce moment-là, et, comme ce n'était pas un arbre dans lequel elle pouvait grimper, il n'y avait vraiment rien d'autre à faire que de rester là, totalement immobile en se collant contre le tronc dans l'espoir de ne pas être vue.

Boum, boum, boum… ce devait être tout près, maintenant, car elle sentait le sol trembler. Mais elle ne voyait rien. Elle avait l'impression que la chose – ou les choses – devait être juste derrière elle. Mais un coup retentit alors sur le sol de l'allée, juste devant elle. Elle sut que c'était dans l'allée, au bruit, et aussi parce qu'elle vit voler le sable. Mais elle ne voyait rien. Puis tous les martèlements se rassemblèrent à environ sept ou huit mètres d'elle et s'arrêtèrent d'un seul coup. Alors lui parvint la voix.

C'était très effrayant, en vérité, car elle ne voyait absolument personne. Ce parc paraissait tout entier aussi calme et vide qu'au moment où ils avaient débarqué. Néanmoins, à seulement deux ou trois mètres d'elle, une voix parlait. Et voici ce qu'elle disait :

– Camarades, voilà notre seule chance.

À l'instant même, un chœur d'autres voix répondit :

– Écoutez-le. Écoutez-le. Il a dit : « Voilà notre seule chance. » Bien vu, chef. Vous n'avez jamais rien dit de plus vrai.

– Ce que je vous dis, poursuivit la première voix, c'est de descendre jusqu'à la plage pour vous placer entre eux et leur chaloupe, et d'avoir l'œil sur vos armes, tous sans exception. Quand ils voudront reprendre la mer, attrapez-les.

– C'est ce qu'il faut faire ! crièrent toutes les autres voix. Vous n'avez jamais fait de meilleur plan, chef. Continuez, chef. Y a pas de meilleur plan que celui-là.

– Remuez-vous, camarades, remuez-vous, dit la première voix. On y va.

– Encore vrai, chef, répondirent les autres. Pouviez pas donner un meilleur ordre. Juste ce qu'on allait dire nous-mêmes. On y va.

Le martèlement reprit immédiatement – d'abord très fort, puis de plus en plus faible, jusqu'à ce qu'il s'éteigne en direction de la mer.

Lucy comprit que ce n'était pas le moment de rester assise à se creuser les méninges en se demandant ce que pouvaient être ces créatures invisibles. Dès que le martèlement eut disparu dans le lointain, elle bondit sur ses pieds et, aussi vite qu'elle le pouvait, courut pour rattraper ses compagnons sur le chemin. Il fallait à tout prix les prévenir.

Entre-temps, les autres étaient arrivés à la maison. C'était une construction basse, à un seul étage, en belles pierres patinées, avec beaucoup de fenêtres, et dont une partie était couverte de lierre. Tout était si tranquille qu'Eustache dit :

– Je pense que c'est vide.

Mais Caspian, sans un mot, montra du doigt la colonne de fumée qui s'élevait d'une cheminée.

Ils trouvèrent la grille largement ouverte et pénétrèrent dans une cour pavée. Et c'est là que cette île leur donna un premier signe de son étrangeté. Il y avait au milieu de la cour une pompe, avec un seau en dessous. Jusque-là, rien de bizarre. Mais le levier de la pompe montait et descendait, bien qu'on ne vît personne le manœuvrer.

– Il y a de la magie là-dedans, dit Caspian.

– C'est un mécanisme automatique ! s'exclama Eustache. Cette fois-ci, je crois que nous avons fini par arriver dans un pays civilisé.

C'est alors que, en nage et hors d'haleine, Lucy surgit derrière eux dans la cour. À voix basse, elle s'efforça de leur faire comprendre ce qu'elle avait appris. Et quand ils l'eurent en partie compris, même le plus brave d'entre eux n'avait pas l'air très à l'aise.

– Des ennemis invisibles, murmura Caspian. Qui nous coupent la retraite vers notre bateau. C'est une tâche ingrate en perspective.

– Tu n'as aucune idée du genre de créatures que c'est, Lucy ? demanda Edmund.

– Comment le pourrais-je, puisque je ne les voyais pas ?

– Est-ce que, d'après le bruit de leurs pas, ils avaient quelque chose d'humain ?

– Je n'ai entendu aucun bruit de pieds… seulement des voix et ce martèlement sourd, terrifiant… comme un maillet.

– Je me demande, dit Ripitchip, s'ils deviennent visibles quand on leur passe une épée à travers le corps.

– Apparemment, on va être fixé là-dessus, répondit Caspian. Mais repassons la grille et sortons. Là, près de la pompe, un de ces messieurs écoute tout ce qu'on dit.

Ils retournèrent sur le chemin, où ils pouvaient supposer que les arbres les rendraient moins visibles.

– Ce n'est pas que ça serve réellement à grand-chose de se cacher de gens qu'on ne voit pas, dit Eustache. Ils peuvent être tout autour de nous.

– Bon, dit Caspian. Drinian, est-ce qu'on ne pourrait pas considérer la chaloupe comme perdue et, d'un autre endroit de la baie, faire signe au *Passeur d'Aurore* de venir nous chercher ?

– Pas assez profond pour le navire, Sire.

– On pourrait nager, suggéra Lucy.

– Vos Majestés, tout le monde, intervint Ripitchip, écoutez-moi. C'est pure folie de penser qu'on peut éviter un ennemi invisible, quel que soit le mal qu'on se donne pour s'éloigner furtivement, même en rampant. Si leur intention est de nous contraindre à nous battre, vous pouvez être sûrs qu'ils y parviendront. Et quelle que soit l'issue du combat, je préfère les rencontrer face à face que de me faire attraper par la queue.

– Je crois bien que, cette fois-ci, Rip est dans le vrai, dit Edmund.

– À coup sûr, ajouta Lucy, quand Rhince et les autres nous verront, du *Passeur d'Aurore*, nous battre sur le rivage, ils trouveront le moyen de faire quelque chose.

– Mais ils ne nous verront pas nous battre s'ils n'aperçoivent aucun ennemi, dit Eustache d'un air pitoyable. Ils se diront que nous nous amusons à faire de grands gestes avec nos épées, tout simplement.

Il y eut un moment de malaise.

– Eh bien, finit par dire Caspian, au travail. Il nous

faut y aller et les affronter. Serrez-vous la main… Ta flèche sur la corde de l'arc, Lucy… l'épée à la main, tous les autres… et en avant ! Peut-être voudront-ils parlementer.

Cela faisait un drôle d'effet de voir ces pelouses et ces grands arbres à l'air si paisible alors qu'ils retournaient en ordre de bataille vers la plage. Et quand ils y arrivèrent et virent la chaloupe là où ils l'avaient laissée, et le sable lisse sur lequel il n'y avait personne en vue, il y en eut plus d'un parmi eux pour se demander si Lucy n'avait pas simplement inventé tout ce qu'elle leur avait raconté. Mais, avant qu'ils ne posent le pied sur le sable, une voix se fit entendre, venant de nulle part :

– N'avancez plus, mes seigneurs, n'avancez plus pour l'instant, disait-elle. Nous avons d'abord à vous parler. Il y a ici plus de cinquante d'entre nous, l'arme au poing.

– Écoutez-le, écoutez-le, intervint le chœur. C'est notre chef. Votre vie peut dépendre de ce qu'il dit. Il vous dit la vérité, il vous la dit.

– Je ne vois pas ces cinquante guerriers, fit remarquer Ripitchip.

– C'est vrai, c'est vrai, dit la voix du chef. Vous ne nous voyez pas. Et pourquoi ? Parce que nous sommes invisibles.

– Continuez, chef, continuez, dirent les autres voix. Vous parlez comme un livre. Ils ne peuvent espérer de meilleure réponse.

– Ne bouge pas, Rip, ordonna Caspian.

Puis il ajouta d'une voix plus forte :

– Vous, les invisibles, que nous voulez-vous ? Et qu'avons-nous fait qui nous vaille votre inimitié ?

– Nous voulons une chose que cette petite fille peut faire pour nous, dit la voix du chef.

Les autres expliquèrent que c'était exactement ce qu'ils auraient dit eux-mêmes.

– Cette petite fille ! s'exclama Ripitchip. Cette dame est une reine.

– On n'y connaît rien en reines… dit la voix du chef.

– Nous non plus, nous non plus, dirent les autres en chœur.

– … mais on veut qu'elle fasse une chose pour nous.

– De quoi s'agit-il ? demanda Lucy.

– Et si c'est une chose contraire à l'honneur ou à la sécurité de Sa Majesté, ajouta Ripitchip, vous serez surpris de voir combien d'entre vous nous pourrons tuer avant de mourir.

– Bon, dit la voix du chef. C'est une longue histoire. Et si nous nous asseyions tous ?

La proposition fut chaleureusement accueillie par les autres voix, mais les Narniens restèrent debout.

– Bon, dit la voix du chef. Alors, voilà. Cette île a été la propriété d'un grand magicien depuis des temps immémoriaux. Et nous sommes tous – ou plutôt peut-être, nous étions – ses serviteurs. Bon, pour résumer, ce magicien dont je parlais, il nous a demandé de faire quelque chose qu'on n'avait pas envie de faire. Et pourquoi ? Parce qu'on ne voulait pas. Il est alors devenu fou de colère ; parce qu'il faut que je vous dise que cette île lui appartenait et qu'il n'avait pas l'habitude d'être contrarié. Il était terriblement rigide, vous savez. Mais attendez voir, où en étais-je ? Ah oui, ce magicien, donc, monte au premier (car il faut que vous sachiez qu'il gardait toutes ses choses de magie là-haut et qu'on vivait tous en bas), je vous disais, il monte au premier et nous jette un sort. Un sort pour nous rendre laids. Si vous nous voyiez maintenant et, à mon avis, vous pouvez remercier votre bonne étoile de pas nous voir, vous ne pourriez pas croire comment nous étions avant qu'il nous enlaidisse. Vous ne pourriez vraiment pas. Alors là, on est devenus si laids qu'on ne pouvait pas supporter de se regarder les uns les autres. Alors, qu'est-ce qu'on a fait ? Eh bien, je vais vous dire ce qu'on a fait.

« On a attendu de pouvoir être sûrs que le magicien était endormi, l'après-midi, et on a grimpé là-haut pour aller voir son livre de magie, on a eu un sacré culot, pour voir s'il y avait quelque chose à faire contre cet enlaidissement. Tous, on était en sueur, tout tremblants, je vais pas vous raconter d'histoires. Mais, croyez-moi ou ne me croyez pas, je peux vous assurer qu'on n'a rien trouvé qui ressemble à une invocation pour enlever la laideur. Le temps passant et comme à chaque minute on avait peur que le vieux monsieur se réveille – j'étais couvert de sueur, je vais pas vous raconter d'histoires –, bon, pour résumer, peut-être qu'on a eu raison, peut-être qu'on a eu tort, on a fini par tomber sur un sort pour rendre les gens invisibles. Et on s'est dit qu'il valait mieux être invisibles que de continuer à être aussi laids. Et pourquoi ? Parce qu'on aurait préféré ça. Alors, ma petite fille, qui a juste à peu près le même âge que la vôtre, et une belle enfant que c'était avant qu'elle soit enlaidie, bien que maintenant – mais moins on en dit, mieux on se porte – je disais, ma petite fille, elle prononce l'incantation, car ça doit être une petite fille ou alors le magicien lui-même, si vous voyez ce que je veux dire, ou autrement, ça ne marche pas. Et pourquoi ça ne marche pas ? Parce qu'il ne se passe rien. Alors, ma Clipsie prononce l'incantation, car il faut que je vous dise qu'elle sait lire admirablement, et nous sommes tous devenus invisibles. Et je peux vous assurer que c'était un soulagement de ne plus voir nos têtes, les uns les autres. Au début, en tout cas. Mais le fin mot de l'histoire, c'est qu'on en a plus qu'assez d'être invisibles. Et il y a autre chose. On n'a jamais eu la preuve que ce magicien (celui dont je vous ai causé avant), il était devenu invisible lui aussi. Mais depuis ce jour-là, on ne l'a plus jamais revu. Alors, on ne sait pas s'il est mort, s'il est parti, ou s'il reste juste là-haut, invisible, ou peut-être là, en bas, invisible. Et, vous pouvez me croire, ça ne sert à rien de tendre l'oreille parce qu'il circulait toujours pieds nus, en ne faisant pas plus de bruit qu'un grand et gros chat. Et je vous le dis carrément à vous tous, messieurs, tout ça commence à dépasser ce qu'on peut humainement supporter.

Telle fut l'histoire que raconta la voix du chef, mais très résumée, parce que j'ai laissé de côté ce que disaient les autres voix. En fait, il ne pouvait jamais prononcer plus de six ou sept mots sans être interrompu par leurs approbations ou leurs encouragements, ce qui faillit rendre les Narniens fous d'impatience. Quand ce fut terminé, il y eut un très long silence.

– Mais, finit par dire Lucy, qu'est-ce qu'on a à voir avec tout ça ? Je ne comprends pas.

– Eh bien, ça, par exemple ! Je me serais arrêté avant de vous avoir tout dit ? s'étonna la voix du chef.

– C'est ce que vous avez fait, c'est ce que vous avez fait, rugirent les autres voix avec un énorme enthousiasme. Personne n'aurait pu faire ça plus nettement et mieux. Continuez, chef, continuez !

– Bon, je n'ai pas besoin de revenir sur toute l'histoire une fois de plus, commença la voix du chef.

– Non. Certainement pas, dirent Caspian et Edmund.

– Bon, alors, pour dire ça en un mot, reprit-elle, nous avons toujours attendu jusqu'à présent une gentille petite fille venant d'ailleurs, par exemple vous, mam'zelle… qui monterait au premier et irait chercher dans le livre de magie la formule qui enlève l'invisibilité, et qui la dirait. Et tous, nous nous sommes juré que les premiers étrangers à débarquer sur cette île (qui auraient une gentille petite fille avec eux, je veux dire, parce que, sans ça, ce serait une autre affaire), on ne les laisserait pas partir vivants sans qu'ils aient fait le nécessaire pour nous. Et c'est pourquoi, messieurs, si votre petite fille ne se montre pas à la hauteur, ce sera notre pénible devoir de vous trancher la gorge à tous. Uniquement pour raison d'affaires, si je puis dire, et sans vous offenser, j'espère.

– Je ne vois pas toutes vos armes, dit Ripitchip. Sont-elles invisibles, elles aussi ?

À peine ces mots étaient-ils sortis de sa bouche qu'ils entendirent un sifflement et, la seconde suivante, une lance venait se ficher, frémissante, dans un des arbres derrière eux.

– Ceci est une lance, c'en est une, dit la voix du chef.

– C'est bien ça, chef, c'est bien ça, dirent les autres. Vous ne pouviez pas dire mieux.

– Et c'est ma main qui l'a lancée, poursuivit la voix du chef. Elles deviennent visibles quand on les lâche.

– Mais pourquoi voulez-vous que ce soit moi qui fasse ça ? demanda Lucy. Pourquoi pas quelqu'un de chez vous ? Vous n'avez aucune fille ?

– On n'ose pas, on n'ose pas, dirent toutes les voix. On ne remonte pas au premier.

– En d'autres termes, dit Caspian, vous êtes en train de demander à cette dame d'affronter un danger que vous n'osez pas demander à vos sœurs et à vos filles d'affronter !

– C'est ça, c'est ça, dirent toutes les voix avec empressement. Vous ne sauriez mieux dire. Hé ! vous avez de l'instruction, pour sûr. Ça se voit.

– Eh bien, de toutes les choses scandaleuses… commença Edmund.

Mais Lucy l'interrompit :

– Est-ce que je devrai monter au premier la nuit, ou est-ce qu'en plein jour cela ferait l'affaire ?

– Oh ! en plein jour, en plein jour, c'est sûr, dit la voix du chef. Pas la nuit. Personne ne vous demande une chose pareille. Monter au premier dans le noir ? Pouah !

– Très bien, alors, je vais le faire, dit Lucy. Non, dit-elle en se tournant vers les autres, n'essayez pas de m'en empêcher. Vous ne voyez pas que ça ne servirait à rien ?

Ils sont des douzaines, ici. Nous ne pouvons les combattre. Dans l'autre cas, nous avons une chance de nous en sortir.

— Mais un magicien ! s'exclama Caspian.

— Je sais, dit-elle. Mais il n'est peut-être pas aussi méchant qu'ils le prétendent. Est-ce que vous n'avez pas l'impression que ces gens-là ne sont pas très courageux ?

— Ils ne sont certainement pas très intelligents, dit Eustache.

— Écoute, Lucy, dit Edmund, on ne peut vraiment pas te laisser faire une chose comme ça. Demande à Rip, je suis sûr qu'il te dira exactement la même chose.

— Mais c'est pour sauver ma propre vie aussi bien que la vôtre, répondit-elle. Je ne tiens pas plus que les autres à être coupée en morceaux par des épées invisibles.

— Sa Majesté est dans le vrai, intervint Ripitchip. Si nous avions la moindre certitude de pouvoir la sauver en nous battant, notre devoir serait très clair. Il me paraît évident que nous n'en avons aucune. Et le service qu'ils lui demandent n'est en aucune façon contraire à l'honneur de Sa Majesté, mais constitue un acte héroïque et noble. Si le cœur de la reine la pousse à risquer une rencontre avec le magicien, je ne me déclarerai pas contre.

Comme personne n'avait jamais vu Ripitchip avoir peur de quoi que ce soit, il pouvait dire cela sans se sentir gêné le moins du monde. Mais tous les garçons, à qui il était arrivé très souvent d'avoir peur, rougirent violemment. Néanmoins, c'était si évidemment le bon sens même qu'ils durent s'y rallier. Des clameurs enthousiastes éclatèrent quand leur décision fut annoncée aux invisibles, et la voix du chef (chaleureusement encouragée par toutes les autres) invita les Narniens à dîner et à passer la nuit dans la maison. Eustache ne voulait pas accepter, mais Lucy dit :

– Je suis sûre qu'ils ne sont pas perfides. Ils ne sont pas du tout comme ça.

Et les autres furent d'accord. C'est ainsi que, escortés par un énorme concert de martèlements (qui devint plus fort quand ils atteignirent la cour pavée et résonnante), ils retournèrent tous jusqu'à la maison.

Chapitre 10
Le livre du magicien

Les invisibles traitèrent royalement leurs hôtes. C'était très amusant de voir arriver tout seuls sur la table plats et assiettes. Cela aurait déjà été drôle s'ils s'étaient déplacés horizontalement, comme on peut s'y attendre pour des choses transportées par des mains invisibles. Mais ce n'était pas le cas. Ils progressaient tout le long de la grande salle à manger par une série de bonds. Au point culminant de chaque saut, un plat se trouvait à près de cinq mètres au-dessus du sol ; puis il redescendait et s'arrêtait net à environ un mètre du plancher. Quand ce plat contenait une chose comme de la soupe ou un ragoût, le résultat était assez désastreux.

– Ces gens commencent à m'intriguer beaucoup, chuchota Eustache à l'oreille d'Edmund. Tu penses qu'ils ont quelque chose d'humain ? Ce serait plutôt un genre d'énormes sauterelles ou des grenouilles géantes, je dirais.

– Ça y ressemble vraiment, lui répondit-il. Mais ne mets pas cette idée de sauterelles dans la tête de Lucy. Elle n'aime pas trop les insectes, surtout les gros.

Le repas aurait pu être plus agréable s'il n'avait pas été

si excessivement désordonné, et puis si la conversation avait été faite d'autres choses que d'acquiescements. Les invisibles étaient d'accord avec tout. En fait, la plupart de leurs remarques étaient du genre de celles qu'il n'est pas facile de contester :

– Ce que je dis toujours, c'est que, quand un gars a faim, il aime qu'on lui donne à manger.

Ou bien :

– Il commence à faire sombre, maintenant. C'est toujours comme ça le soir.

Ou même :

– Ah ! vous êtes venus en traversant la mer ? Bien humide, cette chose, non ?

Et Lucy ne pouvait s'empêcher de regarder l'ouverture sombre et béante au pied de l'escalier – visible de là où elle était assise – en se demandant ce qu'elle découvrirait en gravissant ces marches le lendemain matin. Mais c'était par ailleurs un bon repas, avec une soupe aux champignons et des poulets rôtis, du jambon chaud et des groseilles à maquereau, des groseilles rouges, du fromage blanc, de la crème, du lait et de l'hydromel. Les autres apprécièrent l'hydromel, mais Eustache regretta après coup d'en avoir bu.

Quand Lucy s'éveilla le lendemain, ce fut pour elle comme un matin d'examen ou de rendez-vous chez le dentiste. C'était une matinée merveilleuse avec des abeilles qui entraient et sortaient par sa fenêtre ouverte en bourdonnant, et puis cette pelouse, dehors, qui faisait beaucoup penser à un coin d'Angleterre. Elle se leva, s'habilla et, au petit déjeuner, s'efforça de parler et de manger comme d'habitude. Puis, après avoir reçu les instructions de la voix du chef quant à ce qu'elle allait devoir faire au premier étage, elle prit congé des autres, s'avança jusqu'au pied de l'escalier, et commença à le gravir sans un seul regard en arrière.

Il faisait tout à fait clair, c'était une bonne chose. En fait, il y avait une fenêtre juste en face d'elle en haut de la première volée de marches. Tant qu'elle était dans cette partie de l'escalier, elle entendait le tic-tac d'une pendule de grand-père dans le hall d'en bas. Puis elle arriva au palier et dut tourner à gauche pour monter la seconde volée de marches ; ensuite, elle n'entendit plus la pendule.

Maintenant, elle était arrivée en haut. Lucy aperçut un long et large passage avec une grande fenêtre à l'autre extrémité. Apparemment, ce couloir courait sur toute la longueur de la maison. Il y avait des boiseries sculptées sur les murs, un tapis par terre, de très nombreuses portes de part et d'autre. Elle resta immobile sans entendre ne serait-ce que le couinement d'une souris, le bourdonnement d'une mouche, le flottement d'un rideau, ni quoi que ce soit... rien d'autre que le battement de son propre cœur.

« La dernière porte sur la gauche », se dit-elle pour elle-même.

Cela lui paraissait vraiment un peu dur que ce soit la dernière. Pour y arriver, elle devrait passer devant toutes les pièces l'une après l'autre. Et dans n'importe laquelle, il pourrait y avoir le magicien... endormi, éveillé, invisible, ou même mort. Mais cela ne servait à rien d'y penser. Elle se remit en marche. Le tapis était si épais que ses pieds ne faisaient aucun bruit.

« Pour l'instant, il n'y a là rien dont je puisse avoir peur », se dit Lucy.

C'était en effet, dans la lumière du soleil, un couloir tranquille ; un rien trop tranquille, peut-être. Cela aurait été mieux sans ces signes étranges, peints en écarlate sur les portes… des choses compliquées, chantournées, qui avaient évidemment une signification, et cette signification aurait bien pu ne pas être très agréable. Cela aurait été mieux encore sans ces masques pendus au mur. Non pas qu'ils soient laids à proprement parler – ou pas tellement laids – mais les orbites vides faisaient vraiment un drôle d'effet et, en se laissant aller, on pouvait vite imaginer que les masques se mettaient à bouger dès que vous leur tourniez le dos.

Après la sixième porte, à peu près, elle connut sa première vraie frayeur. Pendant une seconde, elle fut presque sûre qu'une méchante petite tête barbue avait jailli du mur en lui faisant une grimace. Elle se força à s'arrêter pour regarder. Et ce n'était pas du tout une tête. C'était un petit miroir juste aux dimensions et de la forme exacte de sa propre tête, avec des cheveux au-dessus et une barbe qui pendait en dessous, si bien que, quand vous regardiez dans le miroir, votre visage s'adaptait à la barbe et aux cheveux, qui semblaient alors vous appartenir.

« J'ai juste aperçu du coin de l'œil mon propre reflet en passant devant, se dit Lucy. Ce n'était que ça. C'est tout à fait inoffensif. »

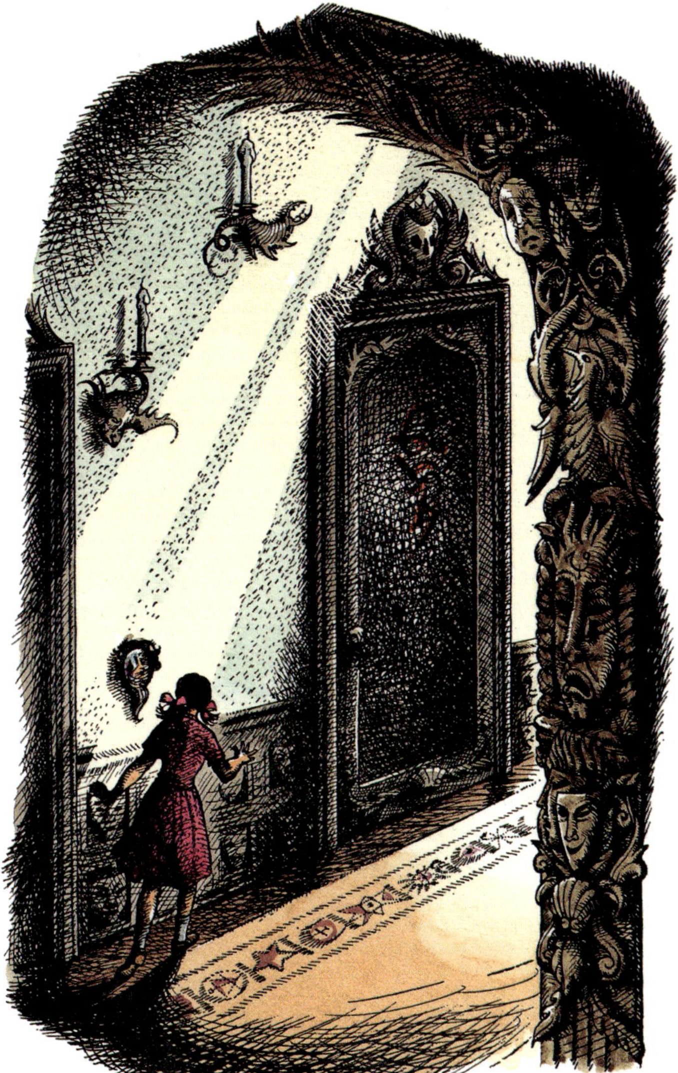

Mais elle n'aimait pas l'aspect de son visage avec ces cheveux et cette barbe, et elle passa son chemin (je ne sais pas à quoi servait la glace barbue, car je ne suis pas magicien).

Avant qu'elle n'atteigne la dernière porte à gauche, elle commença à se demander si le corridor ne s'était pas allongé depuis le début de son parcours et si cela ne faisait pas partie de la magie de cette maison. Mais elle parvint enfin à la dernière pièce, au bout. Et la porte était ouverte.

C'était une vaste salle avec trois grandes fenêtres, dont les murs étaient, du sol au plafond, tapissés de livres, de plus de livres que Lucy n'en avait jamais vu, des minuscules, des gros, et des livres plus grands que toutes les bibles d'église que vous avez jamais pu voir, tous reliés de cuir, avec une odeur d'antiquité, savants et magiques. Mais elle savait qu'elle ne devait se soucier d'aucun de ces livres-là : telles étaient les instructions reçues. Car *le* livre, le livre de magie, était posé sur un pupitre en plein milieu de la pièce. Elle vit qu'elle devrait le lire debout (de toute façon, il n'y avait pas de chaises) et aussi qu'elle devrait se tenir le dos à la porte pendant qu'elle le consulterait. Aussi se retourna-t-elle aussitôt pour fermer la porte.

La porte ne fermait pas.

Certains peuvent ne pas être d'accord là-dessus avec Lucy, mais je pense qu'elle avait tout à fait raison. Elle se dit qu'elle ne s'en serait pas souciée si elle avait pu fermer la porte, mais qu'il était désagréable d'avoir à rester debout dans un endroit pareil avec une porte ouverte juste derrière son dos. J'aurais ressenti exactement la même impression. Mais elle n'avait pas le choix.

Une autre chose qui l'ennuyait assez, c'était l'épaisseur du livre. La voix du chef n'avait pas été à même de lui donner la moindre idée de l'endroit du livre où elle trouverait l'incantation pour rendre les choses visibles. Il avait même paru plutôt surpris par cette question. Il voulait qu'elle commence au début et continue jusqu'à ce qu'elle y arrive ; à l'évidence, il n'avait jamais imaginé qu'il y eût aucune autre façon de trouver un passage dans un livre.

« Mais ça pourrait me prendre des jours, voire des semaines ! se dit Lucy en regardant l'énorme volume, et j'ai déjà l'impression d'être là depuis des heures ! »

Elle avança jusqu'au pupitre et posa sa main sur le livre ; ses doigts la chatouillèrent quand elle le toucha, comme s'il était chargé d'électricité. Elle tenta de l'ouvrir, mais n'y parvint pas tout de suite ; mais c'était seulement parce qu'il était verrouillé par deux fermoirs de plomb et, quand elle les eut détachés, il s'ouvrit assez facilement. Et quel livre c'était là !

Il n'était pas imprimé, mais écrit à la main ; clairement, d'une écriture régulière, avec d'épais jambages et de minces hampes, très large, plus facile à lire que les caractères imprimés, et si beau que Lucy garda les yeux fixés sur lui pendant une minute entière en oubliant de le lire. Le papier en était craquant, lisse, et une douce odeur en émanait ; dans les marges, et autour des lettrines en couleur au début de chaque incantation, il y avait des images.

Guérison des verrues : lavez dans un bassin d'argent au clair de lune

Il n'y avait pas de page de titre, pas de titre du tout ; les formules commençaient tout de suite et, au début, on n'y trouvait rien d'important. C'étaient des remèdes pour les verrues (en lavant vos mains au clair de lune dans un bassin d'argent), le mal de dents et les crampes, et une incantation pour prendre un essaim d'abeilles. L'image de l'homme qui avait mal aux dents était si vivante que, à la regarder trop longtemps, vous auriez eu mal aux dents vous-même, et les abeilles dorées qui étaient éparpillées autour de la quatrième formule donnaient un instant l'impression de voler vraiment.

Lucy eut du mal à s'arracher à cette première page ; quand elle l'eut tournée, elle s'aperçut que la suivante était tout aussi intéressante.

« Mais je dois continuer », se dit-elle.

Et ainsi de suite, pendant environ trente pages qui, si elle avait été capable de s'en souvenir, lui auraient appris comment trouver un trésor enfoui dans la terre, comment se rappeler les choses oubliées, comment oublier ce qu'on désire oublier, comment savoir si quelqu'un dit la vérité, comment faire venir (ou éviter) le vent, le brouillard, la neige, la grêle ou la pluie, comment provoquer un sommeil magique et comment donner à un homme une tête d'âne (comme on le fit pour ce pauvre Bottom). Et plus elle avançait dans sa lecture, plus les images devenaient merveilleuses et pleines de vie.

Puis elle arriva à une page couverte d'une telle débauche d'images qu'on remarquait à peine ce qui y était écrit. À peine... mais elle, elle remarqua les premiers mots. C'était « une incantation infaillible pour conférer à celle qui la prononce une beauté inaccessible au commun des mortels ». Lucy scruta les images en approchant son visage de la page et, tandis qu'elles lui avaient paru entassées et confuses auparavant, elle découvrit qu'elle pouvait maintenant les voir très clairement. La première représentait une jeune fille debout devant un pupitre et lisant un énorme livre. Elle était habillée exactement comme Lucy. Dans l'illustration suivante, elle (car la jeune fille de l'image était Lucy elle-même) était debout la bouche ouverte et une expression plutôt terrible sur le visage, psalmodiant ou récitant quelque chose. Sur la troisième illustration, la beauté outrepassant celle de n'importe quelle mortelle lui avait été conférée. C'était étrange, compte tenu de la petitesse apparente des images au début, que la Lucy de l'image paraisse maintenant tout aussi grande que la vraie ; elles se regardèrent dans les yeux, et la vraie Lucy détourna son regard au bout de quelques minutes, éblouie par la beauté de son double, bien qu'elle puisse encore percevoir dans ce visage magnifique une ressemblance avec le sien. Et maintenant, les illustrations se précipitaient vers elle en rangs serrés. Elle se vit juchée sur un trône lors d'un grand tournoi à Calormen et tous les rois de la terre combattaient pour sa beauté. Après quoi, des tournois on passa à de vraies guerres, et tout Narnia et Archenland, Telmar et Calormen, Galma et Térébinthe étaient dévastés par la furie des rois, des ducs et des grands seigneurs qui se battaient pour obtenir sa faveur. Puis, cela changeait et Lucy, toujours d'une beauté inaccessible au commun des mortels, était de retour en Angleterre. Susan (qui était depuis toujours la vedette de la famille) rentrait d'Amérique. La Susan de l'illustration ressemblait exactement à la vraie, mais en plus banal et avec une expression mauvaise. Elle était jalouse de l'éblouissante beauté de Lucy, mais ça n'avait pas la moindre importance car, désormais, plus personne ne se souciait d'elle.

« Je vais prononcer cette incantation, se dit Lucy. Je m'en moque. Je vais le faire. »

Elle disait « je m'en moque » parce qu'elle avait le sentiment très fort qu'elle ne devait pas le faire.

Mais quand elle ramena son regard sur les premiers mots de la formule, là, au milieu des lettres, là où elle était sûre qu'il n'y avait pas d'image auparavant, elle découvrit la tête impressionnante d'un lion, du Lion, Aslan lui-même, la regardant fixement droit dans les yeux. Il était peint d'un or si brillant qu'il semblait s'avancer vers elle en se détachant de la page ; et, en fait, elle ne fut jamais tout à fait sûre, après coup, qu'il n'ait pas un peu bougé pour de vrai. De toute façon, elle reconnut parfaitement l'expression de son visage. Il grognait et on pouvait voir presque tous ses crocs. Elle eut horriblement peur et s'empressa de tourner la page.

Un peu plus tard, elle arriva à une incantation qui vous permettait de savoir ce que vos amis pensent de vous. Lucy avait eu très envie d'essayer l'autre, celle qui vous donnait une beauté inaccessible au commun des mortels. Pour se consoler de ne pas l'avoir prononcée, elle se sentit farouchement décidée à dire celle-ci. Et à toute vitesse, de peur de changer d'avis, elle prononça les mots (pour rien au monde, je ne vous dirai quels mots c'étaient). Puis elle attendit que quelque chose se produise.

Comme rien ne se passait, elle se mit à regarder les images. Et à l'instant même, elle vit la dernière chose qu'elle s'attendait à voir : un wagon de seconde classe dans un train, où deux écolières étaient assises. Elle les reconnut tout de suite. C'étaient Marjorie Preston et Anne Featherstone. Seulement, c'était maintenant beaucoup plus qu'une image. C'était vivant. Elle voyait les poteaux télégraphiques défiler devant la fenêtre du wagon. Puis petit à petit (comme quand on règle une station à la radio) elle entendit ce qu'elles disaient :

– Est-ce que je vais te voir un peu ce trimestre,

demanda Anne, ou est-ce que tu vas être encore accaparée par Lucy Pevensie ?

– Je ne comprends pas ce que tu veux dire par « accaparée », répondit Marjorie.

– Oh si ! tu me comprends. Tu étais folle d'elle au dernier trimestre.

– Non, pas du tout, rétorqua-t-elle. Je ne suis pas si bête. Dans son genre, ce n'est pas une mauvaise copine. Mais le trimestre n'était pas encore fini que je commençais déjà à en avoir vraiment assez.

– Eh bien, il n'y a pas de risque pour un autre trimestre ! s'écria Lucy. Petite peste hypocrite !

Mais le son de sa propre voix lui rappela tout aussitôt qu'elle parlait à une image et que la vraie Marjorie était très loin, dans un autre monde.

« Quand même, se dit Lucy, je la croyais vraiment mieux que ça. Et j'ai fait toutes sortes de choses pour elle au dernier trimestre, je l'ai soutenue quand il n'y avait pas beaucoup d'autres filles pour le faire. Et elle le sait bien. Et aller dire ça à Anne Featherstone, celle-là précisément ! Je me demande si toutes mes amies sont comme ça ? Il y a plein d'autres images. Non. Je ne veux plus regarder. Je ne veux pas. Je ne veux pas… »

Et, au prix d'un grand effort, elle tourna la page, mais pas avant qu'une grosse larme de colère ne s'y soit écrasée.

À la suivante, elle tomba sur une formule « pour le délassement de l'esprit ». Là, les images étaient moins nombreuses, mais très belles. Ce que Lucy se retrouva en train de lire, c'était plus une histoire qu'une incantation. Cela continuait pendant trois pages et, avant qu'elle ait fini de lire la première, déjà elle ne savait plus qu'elle était en train de lire. Elle vivait l'histoire comme si c'était la réalité, et toutes les images étaient réelles aussi.

Quand elle arriva à la troisième page et à la fin, elle se dit : « C'est l'histoire la plus charmante que j'aie jamais lue ou que je puisse espérer lire de toute ma vie. Oh ! j'aimerais pouvoir continuer pendant encore dix ans. En tout cas, je vais la relire complètement. »

Mais là, la magie du livre entra en jeu. On ne pouvait pas tourner les pages pour revenir en arrière. Les pages de droite, celles d'après, pouvaient être tournées, mais pas les pages de gauche.

« Oh ! quel dommage ! se dit Lucy. J'avais tellement envie de la relire. Bon, au moins, je peux m'en souvenir. Voyons un peu… C'était à propos de… à propos de… Oh ! non, tout est en train de s'effacer à nouveau. Et même cette dernière page devient blanche. C'est un livre vraiment très spécial. Comment est-ce que j'ai pu oublier ? Ça parlait d'une coupe, d'une épée, d'un arbre et d'une verte colline, c'est tout ce que je sais. Mais je n'arrive pas à me rappeler l'histoire, qu'est-ce que je dois faire ? »

Elle ne put jamais s'en souvenir et, depuis ce jour-là, pour Lucy, une bonne histoire, c'est une histoire qui lui rappelle cette histoire oubliée, dans le livre du magicien.

Elle tourna la page et fut surprise d'en trouver une sans aucune illustration ; mais les premiers mots en étaient : « Incantation pour rendre visibles les choses cachées. » Elle la lut de bout en bout pour s'assurer de tous les mots difficiles, puis elle la prononça à haute voix. Et elle sut tout de suite que ça marchait car, pendant qu'elle parlait, les couleurs revenaient dans les lettrines en haut de la page et les images commençaient à apparaître dans les marges. C'était comme quand vous tendez vers le feu quelque chose d'écrit avec une encre sympathique et que l'écriture se révèle progressivement ; seulement, au lieu de la couleur terne du jus de citron (l'encre sympathique la plus banale), tout était doré, bleu, écarlate. C'étaient des images bizarres dans lesquelles il y avait beaucoup de formes dont Lucy n'aimait pas beaucoup l'aspect. Ce qui l'amena à se dire : « Je suppose que j'ai dû tout rendre visible, pas seulement les marteleurs. Il pourrait bien y avoir des tas d'autres choses invisibles un peu partout dans un endroit comme celui-là. Je ne suis pas sûre d'avoir envie de les voir toutes. »

À cet instant, elle entendit un bruit de pas feutrés et lourds qui arpentaient le couloir derrière elle ; et elle se rappela, bien sûr, ce qu'on lui avait dit du magicien se déplaçant pieds nus sans faire plus de bruit qu'un gros chat. Se retourner, cela vaut toujours mieux que d'avoir quelque chose qui s'approche furtivement dans votre dos. C'est ce que fit Lucy.

Et alors son visage s'éclaira à tel point que, pendant un moment (mais bien sûr, elle n'en sut jamais rien), elle apparut presque aussi belle que l'autre Lucy, celle de l'image, et elle se jeta en avant avec un petit cri de joie, les bras grands ouverts. Car ce qui se tenait sur le pas de la porte, c'était Aslan lui-même, le Lion, le plus grand de tous les grands rois. Il était là, massif, bien réel, chaud, il la laissait l'embrasser, enfouir son visage dans sa brillante crinière. Et à en juger par le son grave, comme le bruit d'un tremblement de terre, qui émanait de lui, Lucy se risqua même à penser qu'il ronronnait.

– Oh ! Aslan, dit-elle, c'est si gentil de votre part d'être venu.

– J'étais là pendant tout ce temps, répondit-il, mais tu viens juste de me rendre visible.

– Aslan ! s'exclama Lucy presque sur un ton de léger reproche. Ne vous moquez pas de moi. Comme si je pouvais, moi, faire quelque chose qui vous rendrait visible !

– Ce fut le cas, dit-il. Penses-tu que je désobéirais à mes propres règles ?

Après un bref silence, il reprit la parole :

– Mon enfant, dit-il, je crois que tu as écouté aux portes.

– Écouté aux portes ?

– Tu as écouté ce que tes deux camarades de classe disaient de toi.

– Ah ! ça ? Je n'aurais jamais pensé que c'était écouter aux portes, Aslan. N'était-ce pas de la magie ?

– Espionner les gens grâce à la magie, c'est la même chose que les espionner par n'importe quel autre moyen. Et tu as mal jugé ton amie. Elle est faible, mais elle t'aime. Elle avait peur de la fille plus âgée et elle n'a pas dit ce qu'elle pensait.

– Je ne crois pas que je pourrai jamais oublier ce que je l'ai entendue dire.

– Non, tu ne l'oublieras pas.

– Oh ! mon Dieu ! soupira-t-elle. Aurais-je gâché quelque chose ? Vous voulez dire que nous aurions continué à être amies si cela ne s'était pas passé… et à être vraiment de très grandes amies, toute notre vie, peut-être… et que maintenant nous ne le serons jamais ?

– Mon enfant, dit le Lion, ne t'ai-je pas expliqué une fois déjà que personne ne s'entend jamais raconter ce qui se serait passé ?

– Si, Aslan, vous me l'avez dit, admit-elle. Je suis désolée. Mais, s'il vous plaît…

– Dis-moi, tendre cœur.

– Aurai-je jamais la possibilité de relire cette histoire, celle dont je ne peux me souvenir ? Est-ce que vous me la raconterez, Aslan ? Oh ! faites-le, faites-le, faites-le !

– Oui, en vérité. Je te la raconterai pendant des années et des années. Mais pour l'instant, viens. Nous devons rencontrer le maître de maison.

Chapitre 11
Comment rendre les Nullipotes heureux

Lucy suivit le grand Lion dans le couloir et vit tout de suite venir vers eux un vieil homme aux pieds nus, vêtu d'une robe rouge. Ses cheveux blancs étaient couronnés d'une guirlande de feuilles de chêne, sa barbe descendait jusqu'à sa ceinture, et il s'appuyait sur un bâton curieusement sculpté. En apercevant Aslan, il s'inclina bien bas en disant :

– Bienvenue, Sire, dans la plus modeste de vos maisons.

– N'en as-tu pas assez, Coriakin, d'avoir à diriger des êtres aussi écervelés que ceux que je t'ai donnés ici pour sujets ?

– Non, dit le magicien, ils sont très stupides mais, en réalité, il n'y a en eux aucun mal. Je commence plutôt à m'attacher à ces créatures. Parfois ai-je un peu hâte, peut-être, de voir poindre le jour où ils pourront être gouvernés par la sagesse plutôt que par cette magie rudimentaire.

– Chaque chose en son temps, Coriakin, dit Aslan.

– Oui, chaque chose en son juste temps, monsieur,

telle fut la réponse du magicien. Avez-vous l'intention de leur apparaître ?

– Non, dit le Lion avec un léger grognement qui équivalait (pensa Lucy) à un rire. Je les rendrais fous de frayeur. Beaucoup d'étoiles vieillissantes viendront prendre leur retraite dans les îles avant que vos gens soient mûrs pour ça. Et aujourd'hui, avant le coucher du soleil, je dois rendre visite à Trompillon le nain dans le château de Cair Paravel où il continue à compter les jours qui le séparent du retour de son maître Caspian. Je vais lui raconter toute ton histoire, Lucy. N'aie pas l'air si triste. Nous nous retrouverons bientôt.

– S'il vous plaît, Aslan, qu'appelez-vous bientôt ?

– Pour moi, chaque heure s'appelle bientôt, répondit-il.

Et à l'instant même il avait disparu, laissant Lucy seule avec le magicien.

– Parti ! dit-il... Nous laissant vous et moi tout déconfits... C'est toujours comme ça, on ne peut pas le retenir ; ce n'est pas comme si c'était un lion apprivoisé. Mon livre vous a plu ?

– Certaines parties énormément, oui, répondit-elle. Est-ce que, pendant tout ce temps, vous saviez que j'étais là ?

– En fait, je savais, naturellement, quand j'ai laissé les Nullards se rendre invisibles, que vous viendriez un de ces jours pour conjurer le sort. Je n'étais pas sûr de la date exacte. Et je n'étais pas spécialement en alerte ce matin. Vous savez qu'ils m'avaient rendu invisible moi aussi, et être invisible me donne toujours une telle envie de dormir ! Aouch… Oh… voilà que je bâille à nouveau. Avez-vous faim ?

– Eh bien, peut-être un peu, répondit Lucy. Je n'ai aucune idée de l'heure.

– Venez, lui dit le magicien. Peut-être que, pour Aslan, bientôt peut signifier n'importe quelle heure mais, chez moi, quel que soit le moment où l'on a faim, on dit à ce moment-là qu'il est une heure de l'après-midi.

Il la conduisit un peu plus loin dans le couloir et ouvrit une porte. En entrant, Lucy se trouva dans une pièce agréable, inondée de soleil et remplie de fleurs. La table était nue quand ils entrèrent, mais c'était, bien sûr, une table magique, et sur un mot du vieil homme apparurent nappe, argenterie, assiettes, verres et nourriture.

– J'espère que c'est ce que vous auriez voulu. J'ai tenté de vous servir quelque chose qui soit plus dans le goût de votre pays que ce que vous avez dû manger dernièrement.

– C'est merveilleux !

Et ça l'était : une omelette, toute chaude, de l'agneau froid avec des petits pois, une glace à la fraise, de la citronnade à boire pendant le repas et une tasse de chocolat pour après. Mais le magicien lui-même ne but que du vin et ne mangea que du pain. Il n'y avait rien d'inquiétant chez cet homme, et Lucy et lui papotèrent bientôt comme de vieux amis.

– Quand le sortilège va-t-il agir ? demanda la fillette. Est-ce que les Nullards vont redevenir visibles tout de suite ?

— Oh oui, ils sont visibles dès à présent. Mais ils sont probablement tous profondément endormis ; ils font toujours un somme au milieu de la journée.

— Et maintenant qu'ils sont visibles, allez-vous les libérer de leur laideur ? Est-ce que vous leur rendrez leur ancienne apparence ?

— Eh bien, c'est une question plutôt délicate, répondit le magicien. Vous savez, il n'y a qu'eux pour penser qu'ils étaient si agréables à regarder, avant. Ils disent qu'ils ont été enlaidis, mais je n'appellerais pas ça comme ça. Bien des gens diraient qu'ils ont changé en mieux.

— Est-ce qu'ils sont terriblement vaniteux ?

— Oui. En tout cas, le chef nullard l'est, et il a appris à tous les autres à le devenir. Ils croient toujours chaque mot qui sort de sa bouche.

— Nous l'avions remarqué, dit Lucy.

— Oui, nous nous en serions mieux sortis sans lui, en un sens. Bien sûr, je pourrais le changer en quelque chose d'autre, ou même lui jeter un sort qui les conduirait à ne pas croire une seule de ses paroles. Mais je ne veux pas le faire. C'est mieux pour eux de l'admirer que de n'admirer personne.

— Est-ce qu'ils ne vous admirent pas ? demanda Lucy.

— Oh ! pas moi, répondit le magicien. Ils ne m'admirent sûrement pas, moi.

— Quelle était la raison pour laquelle vous les avez enlaidis ? Je veux dire, ce qu'ils appellent enlaidis.

— Eh bien, ils ne faisaient pas ce qu'on leur demandait. Leur travail consiste à s'occuper du jardin et à produire de la nourriture – pas pour moi, comme ils le croient, mais pour eux-mêmes. Ils ne le feraient pas du tout si je ne les y obligeais pas. Et, bien sûr, pour un jardin, on a besoin d'eau. Il y a une source magnifique à près d'un kilomètre d'ici en montant la colline. Et de cette source, là-bas, coule un ruisseau qui passe juste derrière le jardin. Tout ce que je leur demandais de faire, c'était d'aller prendre leur eau au ruisseau au lieu de monter péniblement à la source avec leurs seaux deux ou trois fois par jour en s'épuisant à la tâche, sans parler de l'eau dont ils renversaient la moitié sur le chemin du retour. Mais ils ne s'en rendaient pas compte. Finalement, ils ont refusé tout net.

– Sont-ils stupides à ce point-là ?

Le magicien soupira :

– Vous ne pourriez croire les problèmes que j'ai eus avec eux. Il y a quelques mois, ils étaient tous partisans de faire la vaisselle avant le dîner ; ils disaient que ça faisait gagner du temps pour après. Je les ai surpris en train de planter des pommes de terre cuites à l'eau, pour s'épargner d'avoir à les cuire quand ils les déterreraient. Un jour, le chat s'introduisit dans la laiterie, et une vingtaine d'entre eux se dépêchèrent de déménager tout le lait ; il n'y en eut pas un pour penser à faire sortir le chat. Mais je vois que vous avez fini. Allons regarder les Nullards maintenant qu'on peut les voir.

Ils entrèrent dans une autre pièce pleine d'instruments compliqués – tels que des astrolabes, des orreries, des chronoscopes, des poésiemètres, des choriambus et des théodolindes – et là, le magicien s'approcha de la fenêtre et dit :

– Là. Voilà vos Nullards.

– Je ne vois personne, dit Lucy. Mais qu'est-ce que c'est que ces espèces de champignons ?

Les choses qu'elle montrait du doigt étaient éparpillées sur toute la surface de l'herbe. Elles ressemblaient vraiment, sans aucun doute, à des champignons, mais en beaucoup trop grand – les pieds avaient environ un mètre de haut et les chapeaux un diamètre à peu près équivalent. En regardant attentivement, elle vit que les pieds étaient fixés aux chapeaux, non pas au milieu mais sur le côté, ce qui leur donnait un aspect déséquilibré. Et il y avait quelque chose – une sorte de petit paquet – posé sur l'herbe à côté de chaque pied. En fait, plus elle les regardait et moins ça ressemblait à des champignons. La partie supérieure n'était pas vraiment ronde comme elle l'avait d'abord pensé. Plus longue que large, elle s'évasait à un bout. Il y en avait un grand nombre, cinquante au moins.

L'horloge sonna trois heures.

À l'instant même, il se produisit quelque chose de tout à fait extraordinaire. Chacun des « champignons » bascula soudain la tête en bas. Les petits paquets qui étaient auparavant posés sur l'herbe à côté des pieds étaient des têtes et des corps. Les pieds étaient des jambes. Mais pas deux jambes par corps. Non, chaque corps avait une jambe unique, épaisse, à la verticale en dessous de lui (pas d'un seul côté comme chez un unijambiste) avec, à son extrémité, un pied unique, énorme – un pied aux larges orteils qui se relevaient un peu au bout, si bien qu'il avait plutôt l'air d'un petit canoë. Elle comprit alors comment ils avaient pu ressembler à des champignons. Ils étaient alors couchés sur le dos, chacun avec sa jambe tendue vers le ciel et l'énorme pied au-dessus. Elle devait apprendre plus tard que c'était leur façon habituelle de se reposer ; car le pied les protégeait tantôt de la pluie, tantôt du soleil. Et, pour un monopode, être couché sous son propre pied est presque aussi commode que d'être sous une tente.

– Oh ! ce qu'ils sont amusants, ce qu'ils sont amusants ! s'exclama Lucy en éclatant de rire. C'est vous qui les avez rendus comme ça ?

– Oui, oui. J'ai rendu les Nullards monopodes, dit le magicien.

Lui aussi riait à tel point que des larmes coulaient sur ses joues.

– Mais regardez, ajouta-t-il.

Cela en valait la peine. Ces petits bonshommes à pied unique ne pouvaient évidemment pas marcher ni courir comme nous. Ils avançaient par bonds, comme des puces ou des grenouilles. Et quels bonds ils faisaient !... Comme si chaque pied unique était un paquet de ressorts. Et avec quelle énergie ils atterrissaient ! C'était ce qui avait produit ce martèlement qui avait tant intrigué Lucy la veille. Car maintenant, ils sautaient dans tous les sens en criant :

– Hé, les gars ! On est redevenus visibles !

– Visibles, nous le sommes, dit l'un d'eux, qui, coiffé d'une casquette rouge à pompon, était manifestement le chef monopode. Et ce que je dis, c'est que, quand des gars sont visibles, eh bien, ils peuvent se voir les uns les autres.

– Ah ! c'est ça, chef, c'est ça ! s'écrièrent tous les autres. C'est ce qui est important. Personne n'a l'esprit aussi clair que vous. Vous ne pouviez pas mieux dire.

– Cette petite fille l'a doublé, le vieux, dit le chef monopode. Elle a réussi. On l'a bien eu, ce coup-ci.

– Tout à fait ce qu'on allait dire, répondirent les autres en écho. Aujourd'hui, vous faites plus fort que jamais, chef. Continuez, continuez.

– Mais ils osent parler de vous comme ça ? s'étonna Lucy. Hier, ils semblaient avoir si peur de vous ! Ils ne savent donc pas que vous pourriez les entendre ?

– C'est une des choses amusantes avec les monopodes, expliqua le magicien. À un moment donné, ils parlent comme si je contrôlais tout et pouvais tout entendre, comme si j'étais extrêmement dangereux. La minute d'après, ils peuvent chercher à me rouler par des ruses que même un bébé percerait à jour... Grand bien leur fasse !

– Faudra-t-il leur rendre leur aspect d'origine ? demanda Lucy. Oh ! j'espère de tout cœur que ce ne serait pas méchant de les laisser comme ils sont. Est-ce qu'ils y attachent vraiment tant d'importance ? Ils ont l'air joliment heureux. Dites donc… Regardez ce saut. À quoi ressemblaient-ils avant ?

– De petits nains ordinaires, répondit-il. Pas du tout aussi bien que ceux que vous avez à Narnia.

– Ce serait vraiment dommage de les faire redevenir comme ça, dit Lucy. Ils sont si drôles, et plutôt pas mal. Est-ce que vous pensez que ça pourrait changer quelque chose si je leur disais ça ?

– J'en suis sûr… À condition que vous puissiez le faire entrer dans leur tête.

– Voulez-vous venir avec moi pour essayer ?

– Non, non. Vous vous en tirerez beaucoup mieux sans moi.

– Merci infiniment pour le déjeuner, dit la fillette qui se détourna et sortit rapidement.

Elle descendit en courant cet escalier qu'elle avait gravi si anxieusement le matin même et percuta Edmund en arrivant en bas. Ils étaient tous là en train d'attendre, et Lucy éprouva des remords en voyant l'angoisse peinte sur leurs visages et en prenant conscience du temps pendant lequel elle les avait oubliés.

– Ça va ! leur cria-t-elle. Tout va bien. Le magicien est très gentil… et je l'ai vu… Lui, Aslan !

Après quoi elle s'éloigna d'eux en trombe pour sortir dans le jardin. Là, la terre tremblait sous les bonds des monopodes et l'air retentissait de leurs cris. Cela redoubla dès qu'ils l'aperçurent.

– La voilà ! la voilà ! criaient-ils. Hourra pour la petite fille ! Ah ! Elle a donné une bonne leçon au vieux monsieur, on peut le dire.

– Et c'est à notre plus grand regret que nous ne pouvons vous donner le plaisir de nous voir tels que nous étions avant d'être enlaidis, car vous trouveriez la différence incroyable, et c'est la vérité, car il n'est pas niable que nous soyons mortellement laids maintenant. Ça, on ne peut pas dire le contraire.

– Ouais, c'est ça qu'on est, chef, c'est ça qu'on est, firent écho les autres, rebondissant comme autant de ballons. Vous l'avez dit, vous l'avez dit.

– Mais je ne pense pas du tout que vous le soyez, dit

Lucy en criant pour se faire entendre. Je pense que vous êtes physiquement très bien.

– Écoutez-la, écoutez-la, dirent les monopodes. Vrai pour vous, mam'zelle. On est physiquement très bien. On ne peut pas trouver une bande de gens plus beaux.

Ils disaient cela sans aucune surprise et ne semblaient pas remarquer qu'ils avaient changé d'avis.

– Elle heu… dit, fit observer le chef monopode, combien nous étions bien physiquement avant d'être enlaidis.

– Vous dites vrai, chef, vous dites vrai ! scandèrent les autres. C'est ce qu'elle dit. On l'a entendu nous-mêmes.

– Je n'ai pas dit ça ! hurla Lucy. J'ai dit que vous êtes très bien maintenant.

– C'est ça, c'est ça, dit le chef monopode, elle dit qu'alors nous étions très bien.

– Écoutez-les tous les deux, écoutez-les tous les deux, dirent les monopodes. Les deux font la paire. Ils ont toujours raison. Ils ne pouvaient pas mieux dire.

– Mais chacun de nous dit juste le contraire de l'autre, protesta Lucy, en tapant du pied avec exaspération.

– C'est bien ça, pas de doute, c'est bien ça, enchaînèrent les monopodes. Rien de tel que de dire le contraire. Continuez, tous les deux.

– Vous rendriez fou n'importe qui, dit-elle, et elle laissa tomber.

Mais les monopodes avaient l'air parfaitement heureux et elle en conclut que, dans l'ensemble, cette conversation avait été un succès.

Avant que tout le monde ne soit couché ce soir-là,

ils devaient être encore plus satisfaits de leur condition d'unijambistes. Caspian et tous les Narniens retournèrent dès que possible sur le rivage pour donner de leurs nouvelles à Rhince et aux autres, restés à bord du *Passeur d'Aurore* et qui étaient très inquiets. Bien sûr, les monopodes les accompagnèrent, rebondissant comme des ballons de foot et échangeant des approbations si sonores qu'Eustache finit par dire :

– Je voudrais que le magicien les ait rendus inaudibles et non invisibles.

Il regretta bientôt d'avoir parlé car il lui fallut alors expliquer que quelque chose d'inaudible, c'est quelque chose que vous ne pouvez entendre et, bien qu'il se soit donné un mal fou, il ne put jamais être sûr que les monopodes aient réellement compris. Ce qui l'exaspéra particulièrement, ce fut qu'ils finirent par dire :

– Eh, il n'arrive pas à dire les choses comme notre chef. Mais vous apprendrez, jeune homme. Écoutez-le bien. Il vous montrera comment dire les choses. Ça, c'est un orateur !

Quand ils atteignirent la baie, Ripitchip eut une idée géniale. Il fit descendre son petit canoë et pagaya de-ci, de-là, jusqu'à ce que les monopodes soient profondément intéressés. Il se mit alors debout dans l'embarcation et leur déclara :

– Valeureux et intelligents monopodes, vous n'avez pas besoin de bateaux. Chacun de vous dispose d'un pied qui peut en faire office. Contentez-vous de sauter dans l'eau aussi légèrement que possible et observez ce qui va se passer.

Le chef monopode se montra réticent et prévint les autres qu'ils pourraient bien trouver l'eau fort humide, mais un ou deux parmi les plus jeunes s'y essayèrent presque aussitôt ; puis quelques autres suivirent leur exemple, et toute la bande finit par faire de même. Cela fonctionna parfaitement. L'énorme et unique pied d'un monopode se comportait comme un radeau ou un bateau naturel, et quand Ripitchip leur eut appris à se confectionner des pagaies sommaires, ils pagayèrent tous dans la baie et autour du *Passeur d'Aurore*, ressemblant pour tout le monde à une flottille de petits canoës avec un gros nain debout à l'extrémité arrière de chacun. Ils organisèrent des courses, on leur descendit des bouteilles de vin en guise de prix, et les marins, penchés par-dessus le bastingage, riaient à en avoir mal aux côtes.

En plus, les Nullards étaient ravis de leur nouveau nom de monopodes, qu'ils trouvaient magnifique, bien qu'ils ne parviennent jamais à bien le comprendre.

– Voilà ce qu'on est, braillaient-ils. Des Monnaipotes, des Pomonodes, des Podémones. Juste le nom qu'on avait sur le bout de la langue pour nous désigner.

Mais ils firent vite la confusion avec leur vieux nom de Nullards et finirent par se mettre d'accord pour s'appeler eux-mêmes les Nullipotes ; et c'est probablement ainsi qu'on les appellera pendant des siècles.

Ce soir-là, les Narniens au complet dînèrent en haut avec le magicien, et Lucy remarqua combien l'étage tout entier lui paraissait différent maintenant qu'elle n'en avait plus peur. Sur les portes, les signes mystérieux l'étaient toujours, mais avaient maintenant l'air de signifier quelque chose de gai et de gentil, et même le miroir barbu ne lui semblait plus terrifiant désormais, mais plutôt amusant. Au dîner, chacun se vit servir par magie ses mets et boissons préférés et, après le dîner, le magicien leur fit une démonstration de magie très utile et très belle. Il posa sur la table deux feuilles de parchemin vierges et demanda à Drinian de lui faire un compte rendu exact de leur voyage à ce jour : et tandis que le capitaine parlait, chaque chose qu'il décrivait apparaissait sur le parchemin en traits fins et clairs, si bien qu'à la fin chaque feuille était devenue une splendide carte de la mer Orientale, montrant Galma, Térébinthe, les Sept-Îles, les îles Solitaires, l'île du Dragon, l'île Brûlée, l'île des Eaux-de-la-Mort, et la terre des Nullards elle-même, tout aux proportions exactes et aux bons endroits.

C'étaient les premières cartes qu'on ait jamais faites de cette mer-là, et elles étaient bien mieux que celles réalisées depuis sans l'aide de la magie. Car sur celles-là, bien que villes et montagnes paraissent à première vue exactement comme sur une carte ordinaire, quand le magicien leur prêta une loupe, on voyait que c'étaient de parfaites petites répliques de la réalité, au point qu'on pouvait discerner le château lui-même, les rues et le marché aux esclaves de Narrowhaven, très distinctement malgré la grande distance, comme quand on regarde les choses par le petit bout de la lorgnette. Le seul défaut, c'était que la côte de la plupart des îles était incomplète, car les cartes montraient seulement ce que

Drinian avait vu de ses propres yeux. Quand elles furent finies, le magicien en garda une pour lui et fit présent de l'autre à Caspian : elle est toujours pendue dans sa chambre des instruments à Cair Paravel. Mais le magicien ne put rien leur dire des mers ou des terres plus à l'est. Il leur raconta bien, pourtant, qu'environ sept ans plus tôt un vaisseau narnien avait mouillé dans ses eaux et qu'il avait à son bord les seigneurs Revilian, Argoz, Mavramorn et Rhoop ; aussi en conclurent-ils que l'homme en or vu gisant dans les Eaux-de-la-Mort devait être le seigneur Restimar.

Le jour suivant, le magicien exerça son art pour réparer la poupe du *Passeur d'Aurore* là où le serpent de mer l'avait endommagée et chargea le navire des présents habituels. La séparation fut très amicale et quand le navire mit à la voile, deux heures après midi, tous les Nullipotes l'escortèrent en pagayant jusqu'à l'embouchure du chenal, et l'acclamèrent jusqu'à ce qu'il soit hors de portée de leurs voix.

Chapitre 12
L'île Obscure

Après cette aventure, ils firent route vers le sud et un peu vers l'est pendant douze jours, poussés par une douce brise, sous un ciel le plus souvent clair et chaud, sans voir ni oiseau, ni poisson ; une fois, ils aperçurent des baleines que l'on vit surgir de l'eau très loin sur tribord. Ce fut une période où Lucy et Ripitchip jouèrent beaucoup aux échecs. Puis, le treizième jour, Edmund, juché dans le nid-de-pie, aperçut ce qui ressemblait à une grande montagne sombre s'élevant au-dessus de la mer à bâbord.

Ils obliquèrent pour se diriger vers cette terre, essentiellement à la rame, car le vent ne leur était d'aucune utilité pour aller vers le nord-est. Quand vint le soir, ils en étaient encore très éloignés et ils ramèrent toute la nuit. Le matin suivant, le temps était clair, mais c'était le calme plat. La masse sombre se trouvait devant eux, beaucoup plus proche et plus grande, mais encore très indistincte, si bien que certains croyaient qu'elle était encore très loin et d'autres pensaient qu'ils poursuivaient un mirage.

Vers neuf heures ce matin-là, d'une façon très soudaine, ils s'en trouvèrent assez proches pour voir que ce n'était pas du tout une terre, pas même, au sens habituel, un mirage. C'était une obscurité. C'est plutôt difficile à décrire, mais on peut en avoir une idée si l'on s'imagine regarder, sur une voie ferrée, l'entrée d'un tunnel sombre – un tunnel si long ou si tortueux qu'on ne peut voir la lumière à l'autre bout. Vous savez à quoi ça ressemblerait. Sur un ou deux mètres, vous verriez les rails, les traverses et le ballast en pleine lumière du jour ; puis il y aurait un endroit où ils seraient dans la pénombre ; puis, assez soudainement, mais bien sûr sans ligne de démarcation claire, tout se dissoudrait dans une obscurité continue, compacte. Là, c'était exactement comme ça. Sur un ou deux mètres devant la proue, ils voyaient le balancement brillant de l'eau bleu-vert. Plus loin, l'eau pâle et grise comme elle l'est toujours tard dans la soirée. Mais, encore plus loin, une franche obscurité comme s'ils étaient parvenus au seuil d'une nuit sans lune et sans étoiles.

Caspian cria au quartier-maître de tenir le bateau à distance, et tous, sauf les rameurs, se ruèrent à l'avant pour scruter l'obscurité. Mais la scruter ne permettait pas d'en voir plus. Derrière eux, il y avait la mer et le soleil mais, devant eux, c'était seulement l'obscurité.

– Allons-nous entrer là-dedans ? finit par demander Caspian.

– Je ne vous le conseillerais pas, dit Drinian.

– Le capitaine a raison, dirent plusieurs marins.

– J'aurais tendance à penser que oui, dit Edmund.

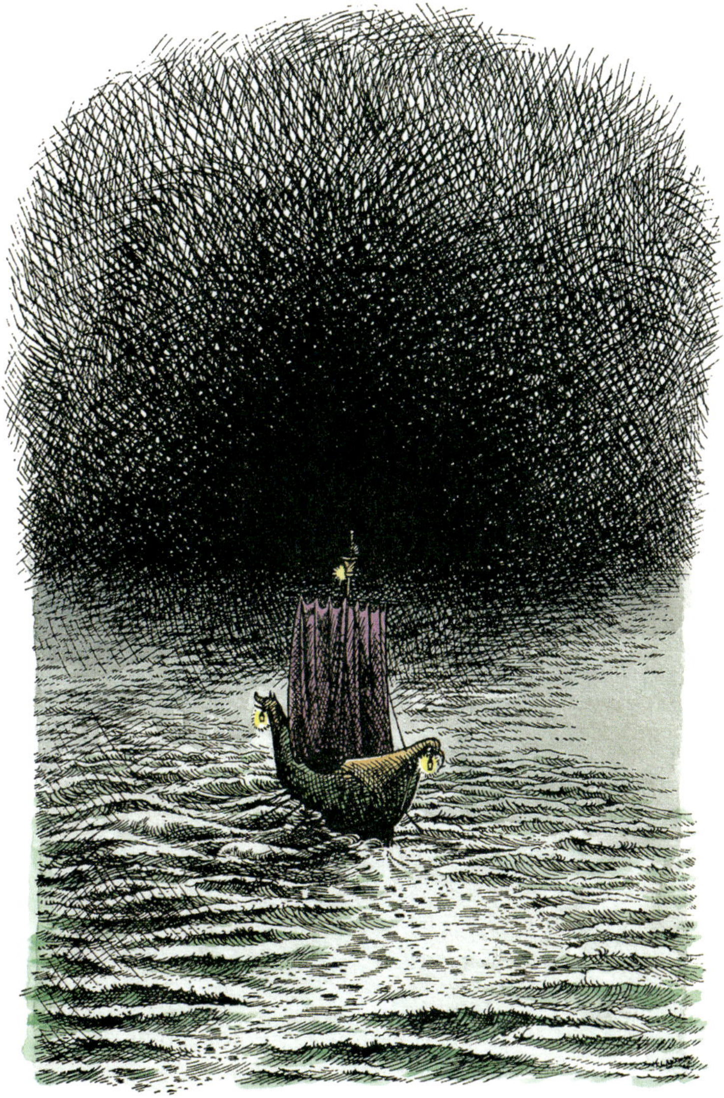

Lucy et Eustache, qui ne disaient rien, se sentaient très heureux du tour que prenaient les choses. Mais, tout à coup, la voix claire de Ripitchip brisa le silence :

– Et pourquoi pas ? dit-il. Quelqu'un m'expliquera-t-il pourquoi ?

Personne ne se pressant de le faire, la souris continua :

– Si j'avais en face de moi des paysans ou des esclaves, enchaîna-t-il, je pourrais supposer que cette suggestion leur a été inspirée par la couardise. Mais j'espère qu'on n'aura jamais à raconter, à Narnia, qu'un groupe de personnages nobles et royaux sont repartis la queue basse parce qu'ils avaient peur du noir.

– Mais en quoi serait-il utile d'aller nous frayer un chemin dans cette obscurité ? demanda Drinian.

– Utile ? releva Ripitchip. Utile, capitaine ? Si par « utile » vous entendez ce qui peut remplir nos ventres ou nos bourses, j'avoue que ce ne sera en rien utile. Pour autant que je sache, nous ne nous sommes pas embarqués pour rechercher des choses utiles mais en quête d'honneur et d'aventures. Et voici une aventure plus fantastique que tout ce dont j'ai jamais entendu parler, et si, ici, nous faisons demi-tour, notre honneur à tous sera sérieusement compromis.

Plusieurs des marins murmurèrent quelque chose du genre « Au diable l'honneur », mais Caspian dit :

– Oh ! la barbe, Ripitchip. Je regrette presque de ne pas vous avoir laissé chez nous. Très bien ! Si vous présentez les choses de cette façon, je suppose que nous allons devoir continuer. À moins que Lucy ne préfère le contraire ?

En son for intérieur, elle préférait le contraire, vraiment, mais à voix haute elle se contenta de dire :

– Je n'ai pas peur.

– Votre Majesté commandera au moins qu'on éclaire ? demanda Drinian.

– Bien évidemment, répondit Caspian. Veillez-y, capitaine.

Aussi, les trois lanternes furent allumées, à la poupe, à la proue et à la tête de mât, et Drinian fit disposer deux torches au milieu du navire. Elles semblaient pâles et faibles dans la lumière du soleil. Puis, tous les hommes, sauf les rameurs, en bas, furent appelés sur le pont, armés de pied en cap, à leur poste de combat, l'épée au poing. Lucy et deux archers montèrent dans le poste de vigie, leurs arcs bandés et les flèches sur la corde. À l'avant, Rynelf tenait sa ligne prête pour sonder les fonds. Ripitchip, Edmund, Eustache et Caspian, dans leurs cottes de mailles étincelantes, étaient à ses côtés. Drinian tenait la barre.

– Et maintenant, au nom d'Aslan, en avant ! s'écria Caspian. À une cadence lente et régulière. Que chaque homme garde le silence et ouvre ses oreilles pour entendre les ordres.

Les hommes commencèrent à ramer et, en craquant, le *Passeur d'Aurore* s'ébranla prudemment. Du haut du mât, Lucy perçut admirablement le moment précis où ils pénétrèrent dans l'obscurité. La proue avait déjà disparu alors que le soleil éclairait encore l'arrière. Elle le vit disparaître. À un moment, la poupe dorée, la mer bleue et le ciel se trouvaient en plein dans la lumière du jour ; l'instant d'après, la mer et le ciel avaient disparu, la lanterne de poupe – à peine visible un instant auparavant – était le seul repère qui montrait où finissait le bateau. Devant la lanterne, elle voyait se détacher une silhouette sombre, celle de Drinian accroché à la barre. En dessous d'elle, tout en bas, les deux torches révélaient deux petites portions du pont, faisant luire les épées et les casques et, devant, il y avait un autre îlot de lumière sur le gaillard d'avant. En dehors de cela, le nid-de-pie, baigné dans la lumière de la lanterne juste au-dessus de lui, semblait un petit monde à part, éclairé, flottant dans la solitude et l'obscurité. Les lumières elles-mêmes, comme toujours quand vous devez les maintenir allumées à un mauvais moment de la journée, prenaient un aspect artificiel et blafard. Lucy remarqua aussi qu'elle avait très froid.

Combien de temps dura ce voyage dans l'obscurité, personne ne le sut jamais. À part le clapotement des rames dans l'eau et le craquement de leurs pivots, rien n'indiquait qu'ils progressaient. Edmund, à l'avant, ne parvenait à rien voir d'autre, en scrutant les ténèbres, que le reflet de la lanterne dans l'eau juste devant lui. C'était un reflet gras, en quelque sorte, et les rides provoquées par la progression de leur proue semblaient lourdes, courtes, sans vie. Petit à petit, tous, sauf les rameurs, commencèrent à grelotter.

Soudain, de quelque part – aucun d'entre eux n'avait plus un sens de l'orientation très précis – leur parvint un cri inhumain, ou proféré par un homme si effroyablement terrifié qu'il en avait perdu presque toute humanité.

Caspian en était encore à tenter de parler – il avait la bouche trop sèche – quand, résonnant anormalement dans ce silence, la voix stridente de Ripitchip se fit entendre :

– Qui appelle ? gazouilla-t-il. Si vous êtes un ennemi, nous ne vous craignons pas, et si vous êtes un ami, vos ennemis apprendront à nous craindre.

– Pitié ! cria la voix. Pitié ! Même si vous n'êtes encore qu'un autre rêve, un de plus, ayez pitié. Prenez-moi à votre bord. Prenez-moi, même si vous devez me battre à mort. Mais au nom de toute pitié, ne disparaissez pas en m'abandonnant dans ce pays d'horreur.

– Où êtes-vous ? cria Caspian. Montez à bord et soyez le bienvenu.

Un autre cri se fit entendre alors, ou de joie ou de terreur, puis ils se rendirent compte que quelqu'un nageait vers eux.

– Tenez-vous prêts à le hisser à bord, dit Caspian.

– Pour sûr, Votre Majesté, répondirent les marins.

Plusieurs hommes se rassemblèrent près du bastingage bâbord avec des cordes, et l'un d'entre eux se pencha par-dessus pour tendre la torche le plus loin possible. Un visage blanc, égaré, se détacha sur l'eau noire. Puis une douzaine de mains secourables hissèrent l'étranger à bord, après l'avoir tiré et fait grimper tant bien que mal.

Edmund se dit que jamais il n'avait vu homme d'un aspect plus dément. Bien que, par ailleurs, il ne paraisse pas très vieux, sa chevelure n'était plus qu'une tignasse blanche désordonnée, les traits de son visage étaient amaigris et tirés et, pour tout vêtement, seules quelques loques humides pendaient autour de lui. Mais ce que l'on remarquait surtout, c'étaient ses yeux, si largement ouverts qu'ils semblaient ne pas avoir de paupières, et fixes comme dans une agonie de pure terreur. À peine eut-il posé le pied sur le pont qu'il leur dit :

– Fuyez ! Fuyez ! Virez de bord et fuyez ! Ramez, ramez, ramez pour sauver vos vies, éloignez-vous de ce rivage ensorcelé !

– Reprenez-vous, lui dit Ripitchip, et dites-nous en quoi consiste le danger. Nous n'avons pas pour habitude de fuir.

L'étranger sursauta d'horreur en entendant la voix de la souris, qu'il n'avait pas remarquée auparavant.

– Peu importe, vous fuirez, éructa-t-il. Vous êtes ici dans l'île où les rêves deviennent réalité.

– C'est l'île que j'ai si longtemps cherchée, dit l'un des marins. Si nous débarquons ici, je compte bien me retrouver marié à Nancy.

– Tom sera encore vivant et je le reverrai, dit un autre.

– Imbéciles ! s'exclama l'homme en trépignant de colère. C'est parce que je me disais des choses de ce genre que je suis venu ici, et il eût mieux valu pour moi me noyer ou ne jamais être né. Vous entendez ce que je vous dis ? C'est ici que les rêves – les rêves, vous comprenez ? – prennent vie, deviennent réels. Pas les rêveries : les rêves.

Il y eut un silence d'une demi-minute environ puis, dans un grand fracas d'armures, l'équipage au complet dégringola par la grande écoutille à toute vitesse et se jeta sur les rames pour souquer comme jamais auparavant. Drinian fit valser la barre, et le maître d'équipage scanda la cadence la plus rapide qu'on eût jamais entendu donner en mer. Car il avait suffi de ce court instant pour que chacun se rappelle certains rêves qu'il avait faits – de ces rêves après lesquels on a peur de se rendormir – et se rende compte de ce que ce serait de débarquer dans un pays où les rêves deviennent réels.

Seul, Ripitchip demeurait imperturbable.

– Votre Majesté, Votre Majesté, dit-il, allez-vous tolérer cette mutinerie, cette poltronnerie ? C'est une panique, c'est une débâcle.

– Ramez ! Ramez ! hurlait Caspian. Tirez sur les rames pour sauver toutes nos vies. Est-ce que le cap est bon, Drinian ? Ripitchip, vous pouvez dire ce que vous voulez. Il est des choses qu'aucun homme ne peut affronter.

– Alors, c'est une chance pour moi que de ne pas être un homme, répliqua Ripitchip en s'inclinant, très raide.

De là-haut, dans la mâture, Lucy avait tout entendu. En une fraction de seconde, celui de ses rêves qu'elle s'était donné le plus de mal pour oublier lui revint en mémoire, aussi vivace que si elle venait de s'en éveiller. Ainsi, c'était ça qui était derrière eux, sur l'île, dans l'obscurité ! Pendant une seconde, elle eut envie de descendre sur le pont pour être aux côtés d'Edmund et de Caspian. Mais à quoi bon ? Si les rêves se mettaient à devenir vrais, même Edmund et Caspian pouvaient très bien se changer en quelque chose d'épouvantable juste quand elle arriverait près d'eux. Elle agrippa le rebord du poste de vigie et s'efforça de se calmer. Ils ramaient vers la lumière de toutes leurs forces : dans quelques secondes, tout irait bien. Mais, oh, si seulement tout pouvait aller bien dès maintenant !

Bien que les rameurs fissent beaucoup de bruit, cela ne dissimulait qu'imparfaitement le silence total qui environnait le navire. Tout le monde savait qu'il valait mieux ne pas écouter, ne pas tendre l'oreille pour guetter un son émanant de l'ombre. Mais personne ne pouvait s'empêcher de le faire quand même. Et, très vite, chacun entendit quelque chose. Quelque chose de différent pour chacun.

– Vous n'entendez pas un bruit comme… comme une énorme paire de ciseaux qui s'ouvrent et se ferment… par là-bas ? demanda Eustache à Rynelf.

– Chut ! Je les entends ramper sur les parois du bateau.

– *Il* est sur le point de se poser sur le mât, dit Caspian.

– Pouah ! dit un marin. Voilà les gongs qui s'y mettent. Je le savais bien.

Caspian, s'efforçant de ne rien regarder (surtout pas derrière lui), vint à l'arrière retrouver le capitaine.

– Drinian, lui souffla-t-il à voix très basse, combien de temps avions-nous ramé pour entrer ?… Je veux dire… jusqu'à l'endroit où nous avons pris l'étranger à bord ?

– Peut-être cinq minutes, chuchota-t-il. Pourquoi ?

– Parce que nous avons déjà passé plus de temps que cela à essayer d'en sortir.

La main de Drinian trembla sur la barre et un filet de sueur coula sur son visage. La même idée vint à l'esprit de chacun à bord.

– Nous n'en sortirons jamais, n'en sortirons jamais, geignaient les rameurs. Il nous barre mal. Nous tournons en rond. Nous n'en sortirons jamais.

L'étranger, qui était resté couché en chien de fusil sur le pont, se dressa sur son séant en éclatant d'un rire dément, désespéré :

– Sortirons jamais ! hurla-t-il. Voilà. Bien sûr. Nous n'en sortirons jamais. Quel idiot j'ai été de penser qu'ils me laisseraient m'en aller aussi facilement ! Non, non, nous n'en sortirons jamais.

Lucy pencha la tête par-dessus la rampe du nid-de-pie en murmurant :

– Aslan, Aslan, si vous nous avez jamais aimés un tant soit peu, envoyez-nous de l'aide maintenant.

L'obscurité ne diminua en rien, mais la fillette commença à se sentir un peu – un tout petit, petit peu – mieux. « Après tout, il ne nous est encore vraiment rien arrivé », pensa-t-elle.

– Regardez ! cria de la proue la voix rauque de Rynelf.

Il y avait un minuscule point lumineux devant eux et, sous leurs yeux, un large rayon de lumière en descendit pour envelopper le bateau. Cela ne modifia pas l'obscurité environnante, mais tout le navire se trouva éclairé comme par un projecteur de théâtre. Caspian cligna des yeux, regarda autour de lui et vit sur le visage de tous ses compagnons une expression sauvage et comme fascinée. Tous regardaient fixement dans la même direction et derrière chacun se découpait nettement son ombre noire.

Lucy promena son regard au-delà de la vergue et y

aperçut tout de suite quelque chose. Cela ressembla d'abord à une croix, puis à un avion, puis à un cerf-volant et, finalement, avec un bruissement d'ailes, apparut, juste au-dessus d'elle, un albatros. Il fit trois fois le tour du mât avant de se percher un instant sur la crête du dragon doré, à la proue. D'une voix douce et forte, il émit un appel qui ressemblait à des mots, bien que personne ne pût les comprendre. Après quoi, il ouvrit ses ailes, s'éleva et se mit à voler doucement devant le bateau, en appuyant un peu sur tribord. Drinian barra pour se placer à sa suite, ne doutant pas qu'il serait un bon guide. Mais, en dehors de Lucy, personne ne savait qu'en tournant autour du mât, il lui avait murmuré : « Courage, tendre cœur. » La voix, elle en avait eu la certitude, était celle d'Aslan et, au même moment, un parfum délicieux avait effleuré son visage.

En quelques instants, l'obscurité se transforma, devant eux, en grisaille, puis, alors qu'ils hésitaient encore à espérer, ils débouchèrent brutalement dans la lumière du soleil et se retrouvèrent dans la chaleur et l'azur du monde. Alors, ils se rendirent tous compte qu'il n'y avait rien, qu'il n'y avait jamais rien eu dont ils puissent avoir peur. Ils regardaient autour d'eux en clignant des yeux. L'éclat du navire lui-même les stupéfia : ils s'étaient attendus à découvrir que des taches d'obscurité étaient restées accrochées au blanc, au vert, à l'or, comme de la crasse, comme l'écume de la nuit. Alors, l'un après l'autre, ils se mirent à rire.

– Je crois que nous nous sommes rendus sacrément ridicules, dit Rynelf.

Lucy ne perdit pas une seconde pour descendre sur le pont retrouver les autres, tous groupés autour du nouveau venu. Pendant un long moment, il fut trop heureux pour parler, et ne put que fixer la mer, le soleil, et palper les bastingages, les cordes, comme pour s'assurer qu'il était bien éveillé, pendant que des larmes coulaient sur ses joues.

– Merci, finit-il par dire. Vous m'avez sauvé de… mais je ne veux pas parler de ça. Maintenant, dites-moi qui vous êtes. Je suis un Telmarin de Narnia, et quand je représentais encore quelque chose, les hommes m'appelaient le seigneur Rhoop.

– Et moi, dit Caspian, je suis Caspian, roi de Narnia, parti en mer à votre recherche, pour vous retrouver, vous et vos compagnons qui étiez tous des amis de mon père.

Le seigneur Rhoop tomba à genoux et baisa la main du roi.

– Sire, dit-il, vous êtes l'homme au monde que j'ai le plus souhaité rencontrer. Accordez-moi une faveur.

– Laquelle ? demanda Caspian.

– De ne jamais me ramener là-bas, dit-il.

Il montrait du doigt l'arrière du bateau. Ils regardèrent tous dans cette direction. Mais ils ne virent que la mer, d'un bleu éclatant, le ciel, d'un bleu tout aussi éclatant. L'île Obscure avait disparu pour toujours, et son obscurité avec elle.

– Eh bien ! s'écria le seigneur Rhoop. Vous l'avez détruite !

– Je ne pense pas que ce soit nous, dit Lucy.

– Sire, intervint Drinian, il y a bon vent pour le sud-est. Puis-je faire remonter nos pauvres gars et remettre à la voile ? Ensuite, expédier dans son hamac chaque homme dont on n'a pas besoin ?

– Oui, répondit Caspian, et faites distribuer des grogs à la ronde. Haaa ! Ouououh, j'ai l'impression que je pourrais dormir moi-même pendant un tour de cadran.

Ainsi, tout l'après-midi, ils voguèrent très joyeusement vers le sud-est, poussés par un bon vent. Personne n'avait vu disparaître l'albatros.

Chapitre 13
Les trois dormeurs

Sans jamais tomber complètement, le vent s'adoucit de jour en jour, si bien que, à la longue, les vagues se réduisirent à de simples ridules sur lesquelles leur navire glissait au fil des heures, comme s'ils voguaient sur un lac. Chaque nuit, à l'est, se levaient de nouvelles constellations qui n'avaient jamais été vues par personne à Narnia ni, peut-être, comme le pensa Lucy avec un mélange de joie et de crainte, par aucun être vivant. Ces nouvelles étoiles, plus grosses, brillaient dans des nuits tièdes. Avant de dormir sur le pont, les voyageurs bavardaient longtemps après la tombée de la nuit ou, penchés par-dessus le bastingage, contemplaient la danse lumineuse de l'écume rejetée par l'étrave.

Par un soir d'une étonnante beauté alors que, derrière eux, cramoisi et violet, le coucher de soleil se déployait si largement que le ciel lui-même en semblait plus vaste, ils virent venir une terre, par tribord devant. Elle s'approchait lentement et la lumière incendiait tous ses caps et ses promontoires. Mais, après en avoir longé la côte, quand sa pointe ouest s'éleva derrière eux, noire contre le ciel rouge, découpée à francs bords comme dans du carton, ils virent mieux à quoi ce pays-là ressemblait. Il ne comportait pas de montagne, mais beaucoup de collines, aux pentes douces comme des oreillers. Une odeur attirante en émanait, que Lucy définit comme « un genre d'odeur vaguement mauve », ce qui, déclara Edmund (et pensa Rhince), n'était que balivernes, mais Caspian lui confia :

– Je vois ce que tu veux dire.

Ils naviguèrent un bon moment, espérant après chaque pointe trouver un mouillage bien profond, mais ils durent finalement se contenter d'une large baie avec peu de fond. Bien que la mer, au large, parût calme, des vagues déferlantes venaient se briser sur le sable du rivage, et ils ne purent approcher le *Passeur d'Aurore* autant qu'ils l'auraient souhaité. Ils jetèrent l'ancre à bonne distance de la plage et ne purent débarquer qu'après avoir été secoués et trempés dans la chaloupe. Le seigneur Rhoop était resté à bord du *Passeur d'Aurore*. Il ne voulait plus voir aucune île. Pendant tout le temps qu'ils passèrent dans ce pays, le bruit des longs brisants emplit leurs oreilles.

Le navire fut laissé à la garde de deux hommes et Caspian autorisa les autres à débarquer, mais sans s'aventurer dans les terres car, déjà, la nuit s'annonçait. Mais point n'était besoin d'aller loin pour rencontrer l'aventure. Dans le vallon plat au fond de la baie, il semblait n'y avoir ni route, ni piste ou autre signe d'occupation. Ils foulaient une belle herbe souple parsemée çà et là de bas taillis qu'Edmund et Lucy prirent pour de la bruyère. Eustache, qui était réellement assez fort en botanique, dit que ça n'en était pas, et il avait probablement raison ; mais c'était tout à fait du même genre.

Quand ils furent parvenus à moins d'une portée de flèche du rivage, Drinian s'exclama :

– Regardez ! Qu'est-ce que c'est que ça ?

Et tout le monde s'arrêta.

– Des arbres immenses ? se demanda Caspian.

– Des tours, je pense, dit Eustache.

– Ce pourrait bien être des géants, souffla Edmund à voix plus basse.

– La seule façon de savoir est d'y aller tout droit, dit Ripitchip qui dégaina son épée et prit la tête du cortège en trottinant.

– C'est une ruine, je crois, dit Lucy quand ils arrivèrent beaucoup plus près.

Et, à ce stade, il se révéla qu'elle avait vu juste.

Ils voyaient maintenant un large espace oblong dallé de pierres lisses et entouré de piliers gris, mais sans toit. Une longue table y courait de bout en bout, recouverte d'une superbe nappe cramoisie qui descendait presque jusqu'au dallage. De chaque côté, il y avait de nombreux fauteuils de pierre richement gravés, avec un coussin de soie posé sur le siège. Sur la table elle-même était servi un banquet comme on n'en avait jamais vu, même quand Peter le Magnifique tenait sa cour à Cair Paravel. Il y avait des dindes et des oies et des paons, il y avait des têtes de sanglier et des filets de venaison, il y avait des tourtes en forme de bateau toutes voiles éployées ou de dragon ou d'éléphant, il y avait des desserts glacés, des homards étincelants et du saumon brillant, il y avait des noix et du raisin, des ananas et des pêches, des grenades, des melons et des tomates. Il y avait des flacons d'or et d'argent et du verre curieusement ouvré ; l'odeur des fruits et du vin leur parvenait comme une promesse de tout le bonheur possible.

– Dites donc ! lâcha Lucy.

Ils s'approchèrent de plus en plus, sans aucune crainte.

– Mais où sont les invités ? s'étonna Eustache.

– Ça, ce n'est pas un problème, monsieur, dit Rhince.

– Regardez ! dit soudain Edmund.

Cette fois, ils étaient entre les piliers, sur le dallage. Tout le monde regarda dans la direction indiquée par Edmund. Les fauteuils n'étaient pas tous vides. En haut de la table et aux deux places voisines, il y avait quelque chose – ou peut-être trois choses.

– Qu'est-ce que c'est que ça ? demanda Lucy en chuchotant. On dirait trois castors assis sur la table.

– Ou un énorme nid d'oiseau, dit Edmund.

– Pour moi, cela ressemble plus à une meule de foin, dit Caspian.

Ripitchip se rua en avant, sauta sur un fauteuil et, de là, sur la table qu'il parcourut dans toute sa longueur, se faufilant aussi lestement qu'un danseur entre les coupes incrustées de pierres précieuses, les pyramides de fruits et les salières d'ivoire. Il courut tout droit jusqu'à la mystérieuse masse grise… la scruta du regard, la toucha, puis s'écria :

– Je ne crois pas que ceux-là vont se battre.

Chacun s'approcha alors et vit que ce qui était assis sur ces trois fauteuils, c'étaient des hommes, bien que difficiles à identifier comme tels à moins de les regarder de près. Leurs cheveux gris avaient poussé plus bas que leurs yeux, jusqu'à presque dissimuler leurs visages, et leurs barbes avaient peu à peu recouvert la table, grimpant et s'enroulant autour des assiettes et des hanaps comme des ronciers enlacent une barrière avant de déborder et de descendre jusqu'au sol, emmêlés jusqu'à ne plus former qu'une énorme tignasse. Et, en partant de leur tête, leurs cheveux pendaient par-dessus le dossier de leurs fauteuils, si bien que tout leur corps était entièrement caché. En fait, ces trois hommes n'étaient presque qu'une chevelure.

– Morts ? s'enquit Caspian.

– Je ne crois pas, Sire, répondit Ripitchip en soulevant entre ses deux pattes une de leurs mains extraite d'un fouillis de cheveux. Cette main est chaude et le pouls bat.

– Celle-là aussi, et celle-ci, compléta Drinian.

– Eh bien, ils ne sont qu'endormis, dit Eustache.

– Cela doit faire quand même bien longtemps qu'ils dorment, remarqua Edmund, pour que leurs cheveux aient poussé à ce point.

– C'est sans doute un sommeil magique, dit Lucy. Dès que nous avons débarqué dans cette île, je l'ai sentie pleine de magie. Oh ! Ne croyez-vous pas que, peut-être, nous sommes arrivés ici pour rompre l'enchantement ?

– Nous pouvons toujours essayer, dit Caspian.

Il se mit à secouer l'un des trois dormeurs.

Un instant, tous pensèrent qu'il allait réussir, car l'homme respira bruyamment et murmura :

– Je n'irai pas plus à l'est. À toutes rames vers Narnia !

Mais il replongea presque aussitôt dans un sommeil encore plus profond qu'avant : c'est-à-dire que sa lourde tête s'affaissa encore, et tous les efforts pour l'éveiller à nouveau furent vains. Avec le deuxième, ce fut sensiblement la même chose :

– Nous ne sommes pas nés pour vivre comme des animaux. Cinglez vers l'est tant qu'il vous reste une chance… les terres au-delà du soleil.

Et il replongea. Le troisième se contenta de dire :

– La moutarde, s'il vous plaît.

Et il se rendormit profondément.

— À toutes rames vers Narnia, tiens, tiens ? remarqua Drinian.

— Oui, Drinian, répondit Caspian, vous avez raison. Je pense que notre quête touche à sa fin. Regardons leurs bagues. Oui, voici leurs armes. Celui-ci est le seigneur Revilian. Celui-ci le seigneur Argoz et voici le seigneur Mavramorn.

— Mais nous n'arrivons pas à les réveiller, dit Lucy. Que faire ?

— Pardon, Vos Majestés, dit Rhince, mais pourquoi ne pas commencer à manger pendant que vous discutez de tout cela ? On ne voit pas tous les jours un dîner comme celui-là.

— Pas si vous tenez à la vie ! s'exclama Caspian.

— C'est sûr, c'est sûr, dirent plusieurs marins. Trop de magie, dans le coin. Plus tôt on sera de retour à bord, mieux ça vaudra.

— La question est de savoir, dit Ripitchip, si ce fut pour avoir mangé cette nourriture que ces trois seigneurs eurent droit à un sommeil de sept ans.

— Je n'y toucherais pas même si ma vie en dépendait, assura Drinian.

— Le jour décline anormalement vite, fit remarquer Rynelf.

— On retourne au bateau, on retourne au bateau, murmurèrent les hommes.

— Je crois vraiment qu'ils ont raison, dit Edmund. Nous pourrons attendre demain pour décider de ce que nous ferons des trois dormeurs. Nous n'osons pas manger leur nourriture et cela ne présente donc aucun intérêt de rester ici cette nuit. Tout cet endroit sent la magie… et le danger.

– Je suis totalement d'accord avec le roi Edmund, dit Ripitchip, en ce qui concerne l'équipage du bateau en général. Mais, quant à moi, je vais m'asseoir à cette table et y rester jusqu'au lever du soleil.

– Mais pourquoi donc ? s'étonna Eustache.

– Parce que ceci est une très belle aventure, expliqua la souris, et aucun danger ne me semble plus redoutable que celui de savoir, une fois rentré à Narnia, que, par peur, j'ai laissé derrière moi un mystère irrésolu.

– Je reste avec vous, Rip, dit Edmund.

– Moi aussi, dit Caspian.

– Et moi, dit Lucy.

Alors, Eustache se porta lui aussi volontaire. C'était très courageux de sa part car le fait de n'avoir jamais lu de telles histoires ni même d'en avoir jamais entendu parler avant d'embarquer sur le *Passeur d'Aurore* rendait la chose plus difficile pour lui que pour les autres.

– Je sollicite de Votre Majesté… commença Drinian.

– Non, messire, l'interrompit Caspian. Votre place est sur le bateau, et vous avez été à la tâche toute la journée tandis que, tous les cinq, nous étions oisifs.

Il y eut toute une discussion à ce sujet mais, finalement, Caspian parvint à ses fins. Tandis que l'équipage partait en bon ordre vers le rivage dans l'ombre montante du crépuscule, aucun des cinq observateurs, sauf peut-être Ripitchip, ne put se défendre d'éprouver une sensation de froid au ventre.

Choisir leurs sièges autour de la table leur prit un peu

de temps. Tous tenaient probablement le même raisonnement, mais aucun d'eux ne l'énonça à voix haute. Car c'était un choix plutôt compliqué. On pourrait difficilement supporter d'être assis toute la nuit près de ces trois effrayantes créatures chevelues, qui, même si elles n'étaient pas mortes, n'étaient certainement pas vivantes au sens ordinaire du terme. D'un autre côté, s'asseoir à l'autre bout et les voir de moins en moins au fur et à mesure que la nuit tomberait, ne pas savoir si elles bougeaient, et peut-être ne plus les voir du tout aux environs de deux heures du matin… non, il ne fallait même pas y penser. Aussi déambulèrent-ils tout autour de la table en disant :

– Pourquoi pas ici ?

Et :

– Ou peut-être un petit peu plus loin.

Ou :

– Pourquoi pas de ce côté ?

Avant de finir par s'asseoir à peu près au milieu de la table, mais plus près des dormeurs que de l'autre bout. Il était environ dix heures à ce moment-là et il faisait presque nuit. Les étranges constellations nouvelles brillaient à l'est. Lucy aurait préféré que ce soit le Léopard, le Vaisseau et d'autres vieilles amies de son ciel narnien.

Ils s'enveloppèrent de leurs cabans et s'installèrent dans l'attente. Au début, il y eut une amorce de conversation, mais ça ne donna pas grand-chose. Ils restaient assis sans bouger, encore et toujours. Ils entendaient les vagues se briser sur la plage, indéfiniment.

Après des heures qui leur parurent des siècles vint un moment où tous se rendirent compte qu'ils s'étaient assoupis mais que, là, ils venaient de se réveiller d'un seul coup. Les étoiles avaient toutes changé de place. Le ciel était obscur, à la seule exception d'une lueur grise, aussi peu distincte que possible, vers l'est. Ils avaient froid et soif en même temps, et se sentaient engourdis. Aucun d'entre eux ne parla, car voici qu'enfin il se passa quelque chose.

En face d'eux, au-delà des piliers, s'étendait la pente d'une petite colline. Et sur le flanc de cette colline, une porte s'ouvrit, une lumière apparut sur le seuil, une silhouette sortit, et la porte se referma. La silhouette portait une lampe, qui était en fait tout ce qu'ils pouvaient voir distinctement. Elle s'approcha lentement, et finit par se trouver debout de l'autre côté de la table, en face d'eux. Maintenant, ils voyaient qu'il s'agissait d'une jeune fille, grande, vêtue seulement d'un long vêtement bleu pâle qui lui laissait les bras découverts. Elle était tête nue, ses cheveux blonds flottant sur ses épaules. Et en la regardant, ils se dirent qu'ils n'avaient jamais su jusqu'alors ce qu'était la beauté.

La lueur qui la précédait était celle d'une grande bougie, fichée dans un chandelier d'argent qu'elle posa sur la table. Si, plus tôt dans la nuit, un vent léger avait soufflé de la mer, il devait alors être tombé, car la flamme de la bougie montait, toute droite et immobile comme dans une pièce aux fenêtres closes et aux rideaux tirés. Dans sa lumière, l'or et l'argent étincelaient sur la nappe.

Lucy remarqua un objet posé sur la table dans le sens

de sa longueur et qui avait échappé jusque-là à son attention. C'était un couteau de pierre tranchant comme l'acier, un objet d'aspect ancien, un objet d'aspect cruel.

Personne n'avait encore prononcé un mot. Puis – Ripitchip le premier, ensuite Caspian – ils se levèrent tous, car ils avaient l'impression que c'était une grande dame.

– Voyageurs venus de loin à la Table d'Aslan, dit la jeune fille, pourquoi ne mangez-vous ni ne buvez-vous pas ?

– Madame, répondit Caspian, nous redoutions cette nourriture, parce que nous pensions qu'elle avait plongé nos amis dans un sommeil magique.

– Ils n'y ont jamais goûté, leur répondit-elle.

– S'il vous plaît, lui demanda Lucy, que leur est-il arrivé ?

– Il y a sept ans, répondit la jeune fille, ils sont arrivés à bord d'un vaisseau dont les voiles n'étaient plus que lambeaux et dont les bois menaçaient de tomber en morceaux. Il y en avait quelques autres avec eux, des marins, et quand ils arrivèrent à cette table, l'un d'eux dit : « Il n'est pas de meilleur endroit que celui-ci. Fini de hisser les voiles, de prendre des ris, de ramer, asseyons-nous et finissons nos jours ici en paix ! » Alors le deuxième répondit : « Non, rembarquons-nous et voguons vers l'ouest, vers Narnia ; il se pourrait bien que Miraz soit mort. » Mais le troisième, un homme d'une forte autorité, bondit sur ses pieds en disant : « Non, au nom du ciel. Nous sommes des hommes, des Telmarins, pas des sauvages. Où est notre devoir, s'il n'est de poursuivre notre quête, d'aventure en aventure ? De toute façon, nous n'avons pas longtemps à vivre. Passons le temps qui nous reste à explorer le monde inhabité au-delà du soleil levant. » Et tandis qu'ils se disputaient, il s'empara du Couteau de Pierre posé, là, sur la table et chercha querelle à ses camarades. Mais c'était là un objet qu'il n'aurait pas dû toucher. Au moment où ses doigts se refermaient sur le manche, un profond sommeil s'est abattu sur eux trois. Ils ne s'éveilleront plus jamais tant que l'enchantement ne sera pas rompu.

– Quel est ce Couteau de Pierre ? demanda Eustache.

– Aucun d'entre vous ne le sait donc ? s'étonna la jeune fille.

– Je… Je crois, dit Lucy, que cela me rappelle quelque chose. C'est avec un couteau comme celui-ci que la Sorcière Blanche a tué Aslan à la Table de Pierre, il y a longtemps.

– C'est celui-ci même, dit la jeune fille, et on l'a apporté ici pour qu'il y soit conservé et honoré jusqu'à la fin du monde.

Edmund, qui avait paru de plus en plus mal à l'aise pendant les dernières minutes, prit alors la parole :

– Écoutez, dit-il, je ne veux pas être lâche – pour ce qui est de manger cette nourriture, je veux dire – et certainement pas me montrer grossier. Mais il nous est arrivé un tas d'aventures bizarres au cours de ce voyage, et les choses ne sont pas toujours ce qu'elles paraissent. Quand je vous regarde dans les yeux, je ne peux m'empêcher de croire tout ce que vous dites. Mais c'est aussi, précisément, ce qui pourrait arriver avec une sorcière. Comment être sûrs que vous êtes une amie ?

– Vous ne pouvez pas en être sûrs, répondit la jeune fille. Vous ne pouvez que le croire… ou pas.

Après un moment de silence, la petite voix de Ripitchip se fit entendre :

– Sire, dit-il à Caspian, auriez-vous l'obligeance de remplir ma coupe avec le vin de cette carafe ? Elle est trop lourde pour que je puisse la soulever. Je veux boire à cette dame.

Caspian s'exécuta et la souris, debout sur la table, leva une coupe d'or entre ses petites pattes et dit :

– Madame, je vous porte ce toast.

Puis il s'attaqua à du paon froid et, très vite, tous les autres suivirent son exemple. Tous avaient très faim et le repas, s'il n'était pas tout à fait ce qu'on peut désirer pour un petit déjeuner très matinal, se révéla excellent en tant que souper très tardif.

– Pourquoi appelle-t-on cela la Table d'Aslan ? demanda alors Lucy.

– C'est sur son ordre qu'elle est ici dressée, répondit la jeune fille, pour ceux qui viennent jusque-là. Certains appellent cette île le Bout-du-Monde car, bien que vous puissiez voguer plus loin, c'est ici le commencement de la fin.

– Mais comment les aliments se conservent-ils ? s'enquit Eustache le pratique.

– Ils sont consommés et renouvelés chaque jour, répondit la jeune fille. Vous le verrez vous-même.

– Et que devons-nous faire pour les dormeurs ? demanda Caspian. Dans le monde d'où viennent mes amis (d'un hochement de tête, il désignait Eustache et les Pevensie), on raconte l'histoire d'un prince ou d'un roi arrivant dans un château où tout le monde est plongé dans un sommeil enchanté. Dans cette histoire, il ne peut rompre le charme qu'en donnant à la princesse un baiser.

– Tandis qu'ici, dit la jeune fille, il ne peut donner un baiser à la princesse avant d'avoir rompu le charme.

– Alors, dit Caspian, au nom d'Aslan, dites-moi sans attendre comment mener à bien cette tâche.

– Mon père va vous enseigner cela, répondit-elle.

– Votre père ! s'exclamèrent-ils tous. Qui est-ce ? Où est-il ?

– Regardez, dit la jeune fille en se retournant pour montrer du doigt la porte au flanc de la colline.

Ils la discernaient mieux maintenant car, pendant qu'ils parlaient, l'éclat des étoiles avait faibli et de grandes trouées de lumière blanche apparaissaient dans la grisaille du ciel, à l'est.

Chapitre 14
Là où commence le Bout-du-Monde

La porte s'ouvrit doucement et une silhouette en sortit, aussi grande et droite que celle de la jeune fille, mais pas aussi mince. Elle ne transportait pas de lampe, mais de la lumière semblait en émaner. C'était un vieillard. Par-devant, sa barbe d'argent descendait jusqu'à ses pieds nus et ses cheveux d'argent tombaient jusqu'à ses talons par-derrière, et sa robe semblait faite de la laine d'un mouton d'argent. Il paraissait si doux et grave que, une fois de plus, les voyageurs se levèrent et restèrent debout en silence.

Mais le vieil homme vint sans un mot jusqu'à eux et se tint de l'autre côté de la table, en face de sa fille. Puis tous deux tendirent leurs bras devant eux et se tournèrent vers l'est. Dans cette position, ils se mirent à chanter. J'aurais aimé pouvoir noter la chanson, mais aucune des personnes présentes ne put se la rappeler. Lucy devait dire par la suite que c'était dans un ton haut, presque strident, mais très beau :

– Une sorte de chanson froide, de chanson pour très tôt le matin.

Et, tandis qu'ils chantaient, les nuages gris dans le ciel de l'est se levèrent, et les zones blanches s'agrandirent de plus en plus jusqu'à ce que tout soit blanc, et la mer se mit à briller comme de l'argent. Et longtemps après (sans qu'aucun des deux s'arrête de chanter) l'est commença à rougeoyer et, enfin, le soleil s'éleva au-dessus de la mer sans nuages, et ses longs rayons horizontaux ricochèrent, tout au long de la table, sur l'or, l'argent et le Couteau de Pierre.

À une ou deux reprises déjà, les Narniens s'étaient demandé si le soleil à son lever ne semblait pas, sur ces horizons marins, plus gros qu'il ne leur apparaissait chez eux. Cette fois-ci, ils en furent certains. Il n'y avait pas d'erreur possible. Et l'éclat de ses rayons sur la rosée et sur la table dépassait de loin tout éclat matinal qu'ils aient jamais vu. Comme Edmund devait le dire par la suite : « Bien que, au cours de ce voyage, il nous soit arrivé beaucoup de choses apparemment plus excitantes, ce moment fut en réalité le plus excitant de tous. »

Car ils savaient maintenant qu'ils étaient bien parvenus là où commence le Bout-du-Monde.

Puis ils eurent l'impression que quelque chose volait vers eux en venant du centre même du soleil levant ; mais, bien sûr, on ne pouvait pas regarder longtemps dans cette direction pour s'en assurer. À ce moment-là, l'air s'emplit de voix – des voix qui reprenaient la même chanson que la dame et son père étaient en train de chanter, mais dans des tons beaucoup plus sauvages et dans une langue que personne ne connaissait.

Et peu après, les êtres à qui ces voix appartenaient se montrèrent. C'étaient de grands oiseaux blancs, qui arrivaient par centaines, par milliers, et se posaient partout : sur l'herbe, le dallage, la table, les épaules, les mains ou la tête, si bien qu'on avait l'impression qu'une épaisse couche de neige était tombée. Car, comme la neige, ils rendaient les choses blanches tout en émoussant et en brouillant leurs contours. Mais Lucy, en regardant entre les ailes des oiseaux dont elle était couverte, en vit un autre voler vers le vieil homme en tenant dans son bec quelque chose qui ressemblait à un petit fruit, à moins que ce ne fût une petite mésange vivante, ce qui était tout aussi possible car cela brillait trop pour qu'on puisse le regarder. Et l'oiseau le déposa dans la bouche du vieil homme.

Alors, les oiseaux s'arrêtèrent de chanter et paraissèrent s'affairer beaucoup autour de la table. Quand ils s'envolèrent à nouveau, tout ce qui pouvait être mangé ou bu avait disparu. Par centaines, par milliers, ces oiseaux s'envolaient après leur repas, emportant tout ce qui n'avait pu être mangé ni bu, les os, les pelures et les coquilles… et reprenaient leur vol en direction du soleil levant. Mais maintenant, comme ils ne chantaient plus, le bruissement de leurs ailes semblait faire vibrer tout l'air environnant. Ils laissaient derrière eux la table, nettoyée et débarrassée à coups de bec, et les trois vieux seigneurs de Narnia toujours profondément endormis.

Alors, le vieil homme se tourna enfin vers les voyageurs pour leur souhaiter la bienvenue.

– Monsieur, lui dit Caspian, allez-vous nous dire comment rompre l'enchantement qui garde endormis ces trois seigneurs narniens ?

– Je vais avoir la joie de vous le dire, mon fils, répondit le vieil homme. Pour rompre cet enchantement, vous devez voguer jusqu'au Bout-du-Monde, ou vous en approcher autant que vous le pourrez, et vous devez revenir en laissant derrière vous au moins un membre de votre groupe.

– Et qu'arrivera-t-il à celui-là ? demanda Ripitchip.

– Il doit continuer vers l'extrême est et ne jamais revenir dans le monde.

– Tel est mon plus cher désir, dit la souris.

– Et sommes-nous maintenant près du Bout-du-Monde, monsieur ? demanda Caspian. Avez-vous connaissance des mers et des terres à l'est de celle-ci ?

– Je les ai vues il y a longtemps, répondit le vieil homme, mais c'était de très haut. Je ne puis vous dire le genre de choses que les marins ont besoin de savoir.

– Vous voulez dire que vous voliez dans les airs ? laissa échapper Eustache.

– J'ai fait un grand voyage au-dessus des airs, mon fils, répliqua le vieil homme. Je suis Ramandu. Mais je vois que vous vous interrogez mutuellement du regard et que vous n'avez jamais entendu ce nom. Rien d'étonnant à cela, car le temps où j'étais une étoile a expiré longtemps avant que vous ne connaissiez ce monde, et toutes les constellations ont changé.

– Mince alors ! souffla Edmund à voix basse. C'est une étoile à la retraite.

– Vous n'êtes plus une étoile, désormais ? demanda Lucy.

– Je suis une étoile au repos, ma fille, répondit Ramandu. Quand je me suis couché pour la dernière fois, vieux et décrépit au-delà de tout ce que vous pouvez imaginer, j'ai été transporté dans cette île. Je ne suis plus aussi vieux à présent que je l'étais alors. Chaque matin, un oiseau m'apporte une baie de feu des vallées du Soleil, et chaque baie de feu m'enlève un peu de mon âge. Et quand je serai devenu aussi jeune que l'enfant qui est né hier, alors je reprendrai mon envol (car nous sommes sur le bord oriental du monde) et, une fois encore, je danserai dans le ballet universel.

— Dans notre monde, dit Eustache, une étoile est une immense boule de gaz enflammés.

— Même dans votre monde, mon fils, ce n'est pas là ce qu'est une étoile, mais seulement ce dont elle est faite. Et dans ce monde-ci, vous avez déjà rencontré une étoile : car je pense que vous avez été chez Coriakin.

— Il est lui aussi une étoile à la retraite ? demanda Lucy.

— Eh bien, ce n'est pas tout à fait la même chose, dit Ramandu. Ce n'est pas vraiment pour qu'il puisse se reposer qu'on lui a donné à gouverner les Nullards. On pourrait appeler ça une punition. Il aurait pu briller pendant encore des milliers d'années dans le ciel du Sud en hiver si tout s'était bien passé.

— Qu'a-t-il fait, monsieur ? demanda Caspian.

— Mon fils, lui dit Ramandu, ce n'est pas à vous, un fils d'Adam, de savoir quelles fautes peut commettre une étoile. Mais allons, nous perdons notre temps à bavarder comme cela. Avez-vous pris votre décision ? Voguerez-vous plus loin vers l'est avant de revenir en laissant l'un d'entre vous qui ne reviendra plus, afin de rompre l'enchantement ? Ou allez-vous voguer vers l'ouest ?

— Sire, dit Ripitchip à Caspian, cela ne me paraît faire aucun doute... En vérité, sauver ces trois seigneurs de leur ensorcellement fait pleinement partie de notre quête.

– C'est aussi mon avis, Ripitchip. Et même s'il en était autrement, cela me briserait le cœur de ne pas m'approcher du Bout-du-Monde d'aussi près que le *Passeur d'Aurore* pourra nous y mener. Mais je pense à l'équipage. Ils ont signé pour partir à la recherche des sept seigneurs, pas pour aller jusqu'au bord de la terre. Si nous voguons d'ici vers l'est, c'est pour trouver le bord, l'extrême est. Et personne ne sait à quelle distance cela se trouve. Ce sont de braves gars, mais je vois bien à certains signes que beaucoup d'entre eux sont las de ce voyage et se languissent de voir notre proue pointer à nouveau vers Narnia. Je ne pense pas devoir les emmener plus loin à leur insu et sans leur consentement. Et puis, il y a ce pauvre seigneur Rhoop. C'est un homme brisé.

– Mon fils, dit l'étoile, cela ne servirait à rien, que vous le vouliez ou non, de naviguer vers le Bout-du-Monde avec des hommes qui ne le veulent pas ou qu'on aurait trompés. Ce n'est pas ainsi que l'on peut accomplir de grands exorcismes. Ils doivent savoir où ils vont et pourquoi. Mais quel est cet homme brisé dont vous parlez ?

Caspian raconta à Ramandu l'histoire de Rhoop.

– Je suis à même de lui donner ce dont il a le plus grand besoin, dit Ramandu. Dans cette île, le sommeil est disponible en abondance, sans rationnement ni mesure, un sommeil dans lequel on n'a jamais entendu le moindre rêve s'approcher du pas le plus furtif. Faisons-le asseoir à côté des trois autres et boire à la coupe de l'oubli jusqu'à votre retour.

– Oh oui, dit Lucy, faisons comme ça, Caspian. Je suis sûre que c'est exactement ce qu'il aimerait.

À cet instant, ils furent interrompus par de nombreux bruits de pas et de voix : Drinian et le reste de l'équipage du bateau approchaient. Ils s'arrêtèrent, surpris, en voyant Ramandu et sa fille ; puis, comme il était évident qu'il s'agissait de personnages importants, chacun des hommes se découvrit. Certains des marins louchaient sur les plats et les carafes vides, sur la table, avec des yeux pleins de regret.

– Messire, dit le roi à Drinian, veuillez renvoyer deux hommes sur le *Passeur d'Aurore* avec un message pour le seigneur Rhoop. Dites-lui que les derniers de ses vieux compagnons de voyage sont ici, assoupis – d'un sommeil sans rêves – et qu'il peut partager leur sort.

Quand cela eut été fait, Caspian dit aux autres de s'asseoir et leur exposa toute la situation. Quand il eut fini, après un long silence et quelques chuchotements, le maître d'équipage se leva pour dire :

– La question que certains d'entre nous ont envie de vous poser depuis longtemps, Votre Majesté, c'est comment nous allons bien pouvoir rentrer quand nous ferons demi-tour, que nous le fassions ici ou ailleurs. Nous avons eu tout le temps des vents d'ouest et de nord-ouest, à part les moments de calme plat. Et si ça ne change pas, j'aimerais savoir comment nous pourrions espérer revoir Narnia. On a peu de chances que les vivres durent assez longtemps si nous devons ramer sans arrêt.

– Tu parles comme un terrien, lui dit Drinian. Il y a toujours un vent d'ouest dominant dans ces mers à la fin de l'été, et cela change toujours après le Nouvel An. Nous aurons énormément de vent pour voguer vers l'ouest, plus qu'on ne voudrait si j'en crois ce qu'on raconte.

– C'est vrai, maître, dit un vieux marin qui était galmien de naissance. En janvier et février, on se paie un fichu sale temps qui déboule de l'est. Et avec votre permission, Sire, si j'étais aux commandes de ce bateau, je déciderais d'hiverner ici et d'entamer notre voyage de retour en mars.

– Qu'est-ce que vous mangeriez pendant votre hivernage ici ? demanda Eustache.

– Cette table, intervint Ramandu, sera pourvue d'un festin de roi chaque jour au coucher du soleil.

– Voilà qui devient intéressant ! dirent plusieurs marins.

– Vos Majestés, et vous tous, mesdames et messieurs, dit Rynelf, il y a juste une chose que je veux dire. Y en a pas un seul parmi nous, les gars, qu'on ait obligé à faire ce voyage. On est volontaires. Et il y en a certains ici qui regardent cette table en rêvant de festins de roi, les mêmes qui, le jour où on a embarqué à Cair Paravel, parlaient très haut d'aventures en jurant qu'ils ne reviendraient pas chez eux avant d'avoir découvert le Bout-du-Monde. Et, debout sur le quai, il y en avait d'autres qui auraient donné tout ce qu'ils avaient pour venir avec nous. À l'époque, on trouvait ça mieux d'avoir une couchette de garçon de cabine sur le *Passeur d'Aurore* que de porter une ceinture de chevalier. Je ne sais pas si vous saisissez ce que je suis en train de vous dire. Mais ce que je veux dire, c'est qu'à mon avis, des gars qui sont partis comme on l'a fait auraient l'air aussi bêtes que… que ces Nullipotes… si on rentrait à la maison en disant qu'on est arrivés jusqu'au commencement du Bout-du-Monde et qu'on n'a pas eu le courage d'aller plus loin.

Certains des marins acclamèrent ce discours, mais d'autres dirent que ça allait bien comme ça.

– Ça risque de ne pas être très drôle, chuchota Edmund à Caspian. Qu'est-ce que nous allons faire si la moitié de ces hommes rechignent à continuer ?

– Attends, lui chuchota Caspian en retour. Il me reste une dernière carte.

– Vous ne dites rien, Rip ? chuchota Lucy.

– Non. Pourquoi Votre Majesté s'attendrait-elle à ce que je dise quelque chose ? répondit-il d'une voix que la plupart pouvaient entendre. Mes propres plans sont arrêtés. Tant que cela m'est possible, je vogue vers l'est à bord du *Passeur d'Aurore*. Quand le bateau ne me le permettra plus, je pagaierai vers l'est dans mon canoë. Quand il aura coulé, je nagerai vers l'est de toute la force de mes quatre pattes. Et quand je n'aurai plus la force de nager, si je n'ai pas encore atteint le pays d'Aslan, ou basculé par-dessus le bord du monde dans une vaste cataracte, je coulerai, le nez tourné vers le soleil levant, et Pripicik prendra la tête des souris parlantes de Narnia.

– Attendez, attendez, dit un marin. Je dirai la même

chose, sauf le passage à propos du canoë, qui ne pourrait pas me transporter.

Il ajouta à voix plus basse :

– Je vais pas me laisser en remontrer par une souris.

À ce moment, Caspian bondit sur ses pieds.

– Mes amis, dit-il, je crois que vous n'avez pas tout à fait compris notre projet. Vous parlez comme si nous étions venus vers vous le chapeau à la main, pour mendier des hommes d'équipage. Ce n'est pas du tout cela. Nous-mêmes, nos frères et sœurs royaux et leur parent, et messire Ripitchip, le bon chevalier, et le seigneur Drinian, nous avons une mission à remplir au Bout-du-Monde. C'est notre bon plaisir que de choisir parmi ceux d'entre vous qui le désirent les hommes que nous estimerons dignes d'une aussi haute entreprise. Nous n'avons pas dit que n'importe qui pouvait venir rien qu'en le demandant. C'est pourquoi nous allons maintenant ordonner au seigneur Drinian et à maître Rhince d'examiner avec soin lesquels parmi vous sont les plus durs au combat, les hommes de mer les plus qualifiés, les plus loyaux à l'égard de notre personne, les plus irréprochables dans leur vie et leur comportement, et de nous en donner la liste.

Il marqua une pause et enchaîna plus rapidement :

– Par la crinière d'Aslan ! s'exclama-t-il. Pensez-vous que le privilège de voir les choses ultimes soit à vendre pour une chanson ? Tenez, chaque homme qui viendra avec nous léguera à tous ses descendants le titre de *Passeur d'Aurore* et, quand nous débarquerons à Cair Paravel à la fin du voyage de retour, il recevra ou de l'or ou des terres en quantité suffisante pour faire de lui un homme riche jusqu'à la fin de ses jours. Bon… Dispersez-vous dans l'île, tous. Dans une demi-heure, j'aurai la liste du seigneur Drinian.

Il y eut un silence plutôt penaud, puis les hommes d'équipage tirèrent leur révérence et s'éloignèrent, qui dans une direction, qui dans une autre mais en petits groupes pour la plupart, sans cesser de parler.

– Et maintenant, au seigneur Rhoop, dit Caspian.

Mais en se tournant vers le haut bout de la table, il vit que Rhoop était déjà là. Il était arrivé, en silence et sans se faire remarquer, pendant que se déroulait la discussion, et s'était assis à côté du seigneur Argoz. La fille de Ramandu se tenait à ses côtés comme si elle venait juste de l'aider à prendre place ; debout derrière lui, Ramandu posa ses deux mains sur la tête grise de Rhoop. Même à la lumière du jour, une faible lueur argentée émanait des mains de l'étoile. Un sourire apparut sur le visage hagard de Rhoop. Il tendit l'une de ses mains vers Lucy et l'autre vers Caspian. Un instant, il parut vouloir dire quelque chose. Puis son visage s'éclaira comme s'il éprouvait une délicieuse sensation ; un long soupir de contentement s'échappa de ses lèvres, sa tête tomba en avant et il s'endormit.

– Pauvre Rhoop, dit Lucy. Je suis contente. Il doit avoir connu des moments terribles.

– Évitons même d'y penser, dit Eustache.

Entre-temps, avec l'aide, peut-être, de la magie propre à l'île, le discours de Caspian avait eu exactement l'effet qu'il en attendait. Un bon nombre de ceux qui s'étaient montrés désireux d'abandonner l'expédition éprouvaient un sentiment très différent à l'idée d'en être exclus. Et, bien sûr, chaque fois qu'un marin annonçait qu'il allait demander la permission de continuer, ceux qui ne l'avaient pas fait se sentaient de moins en moins nombreux et de plus en plus mal à l'aise. Si bien que, peu avant que la demi-heure ne soit écoulée, plusieurs personnes faisaient carrément de la lèche à Drinian et à Rhince (enfin, on appelait ça comme ça quand j'allais en classe) pour obtenir un rapport favorable. Et il n'y en eut bientôt plus que trois à ne pas vouloir y aller, et ces trois-là essayaient de toutes leurs forces de convaincre les autres de rester avec eux. Très peu de temps après, il n'y en eut plus qu'un. Et finalement, il se prit à avoir peur d'être laissé tout seul en arrière et changea d'avis.

Quand la demi-heure fut écoulée, ils revinrent tous en foule à la Table d'Aslan et se tinrent debout d'un côté tandis que Drinian et Rhince allaient s'asseoir en face, à côté de Caspian, pour lui faire leur rapport ; et Caspian accepta tous les hommes, sauf celui qui avait changé d'avis au dernier moment. Il s'appelait Crème-grêlée et il resta sur l'île de l'Étoile pendant tout le temps où les autres étaient partis à la recherche du Bout-du-Monde, et il aurait beaucoup aimé être parti avec eux. Ce n'était pas le genre d'homme qui pouvait apprécier la conversation de Ramandu et de sa fille (pas plus qu'eux n'auraient apprécié la sienne). Le temps fut souvent à la pluie, et bien qu'il y eût chaque soir sur la table un festin merveilleux, il n'en tira pas beaucoup de plaisir. Il disait que cela lui faisait froid dans le dos d'être assis là tout seul (et sous la pluie une fois sur deux) avec ces quatre seigneurs endormis au bout de la table. Et quand les autres revinrent, il se sentit tellement décalé qu'il déserta au cours du voyage de retour, dans les îles Solitaires, pour s'en aller vivre à Calormen, où il raconta des histoires merveilleuses sur ses aventures au Bout-du-Monde, tellement que, à la fin, il finit par y croire lui-même. On peut ainsi dire, en un sens, qu'il vécut heureux le reste de ses jours. Mais il ne supportait plus du tout les souris.

Cette nuit-là, ils mangèrent et burent tous ensemble à la grande table entre les piliers, où le festin avait été renouvelé par magie ; et, le matin suivant, le *Passeur d'Aurore* mit à la voile une fois de plus, juste après que les grands oiseaux furent revenus puis repartis.

– Madame, dit Caspian, j'espère avoir le plaisir de parler à nouveau avec vous après avoir rompu les enchantements.

La fille de Ramandu le regarda en souriant.

Chapitre 15
Les merveilles du Dernier Océan

Juste après avoir quitté le pays de Ramandu, ils eurent l'impression d'être déjà parvenus au-delà du monde. Tout était différent. En premier lieu, ils constatèrent tous qu'ils avaient besoin de moins de sommeil. On n'avait pas envie d'aller se coucher, ni de manger beaucoup, ni même de parler, sauf à voix basse. Ensuite, il y avait la lumière. Il y en avait trop. Quand il se levait le matin, le soleil paraissait deux fois, sinon trois fois, plus grand que d'habitude. Et (ce qui, plus que tout le reste, faisait à Lucy une drôle d'impression) chaque matin, les immenses oiseaux blancs, chantant leur chanson avec des voix humaines dans une langue que personne ne comprenait, filaient au-dessus de leurs têtes et disparaissaient derrière eux, en route pour leur petit déjeuner à la Table d'Aslan. Un peu plus tard, ils repassaient et leur vol allait se perdre vers l'est.

« Comme l'eau d'ici est merveilleusement claire ! » se dit Lucy, le deuxième jour, en se penchant par-dessus le bastingage bâbord.

C'était vrai. La première chose qu'elle remarqua, ce fut un petit objet noir, à peu près de la taille d'une chaussure, qui se déplaçait à la même vitesse que le navire. Pendant un instant, elle pensa que c'était quelque chose qui flottait à la surface. Mais un morceau de pain rassis, que le cuisinier venait de jeter de la coquerie, passa alors en flottant. Et on eut l'impression qu'il allait heurter l'objet noir, mais ce ne fut pas le cas. Il passa par-dessus, et Lucy vit bien à ce moment-là que l'objet noir ne pouvait pas se trouver à la surface. Puis il devint soudain beaucoup plus grand et, d'un seul coup, revint à sa taille normale l'instant d'après.

Lucy comprit alors que ce qu'elle avait vu était exactement semblable à ce qui se passe... si seulement elle pouvait se rappeler où ! Elle porta la main à son front, se mordit la lèvre et tira la langue en faisant un gros effort pour s'en souvenir. Cela finit par lui revenir. Bien sûr ! C'était comme ce qu'on voit d'un train par un jour de grand soleil. On voit l'ombre noire de son propre wagon courant à la surface des champs à la même vitesse que le train. Puis on passe entre deux talus et immédiatement la même ombre bascule vers vous en gros plan et grossit, alors qu'elle courait sur l'herbe du talus. Puis on retrouve la plaine et – clic ! – l'ombre noire est revenue d'un coup à sa taille normale pour courir à la surface des champs.

– C'est notre ombre !... L'ombre du *Passeur d'Aurore* ! s'exclama Lucy. Notre ombre courant sur le fond de la mer ! La fois où elle est devenue plus grosse, elle passait sur une colline, au fond. Mais si c'est le cas, l'eau doit être plus claire que je ne le pensais ! Grands dieux, je vois sans doute le fond de la mer, des centaines de mètres plus bas !

À peine eut-elle dit cela qu'elle se rendit compte que la grande étendue argentée qu'elle avait vue parfois (sans y prêter attention) était en réalité le sable du fond de la mer et que toutes les taches plus sombres ou plus claires n'étaient ni des ombres ni des lumières en surface, mais des choses bien réelles posées sur le fond. En ce moment, par exemple, ils étaient en train de passer au-dessus d'une masse souple d'un vert-mauve avec une large bande sinueuse, gris pâle, au milieu. Maintenant qu'elle savait que c'était au fond, elle la discernait beaucoup mieux. Elle voyait que des morceaux de la matière sombre étaient plus hauts que d'autres et ondulaient doucement.

« Tout comme des arbres dans le vent, se dit Lucy. Et je pense vraiment que c'est ça. C'est une forêt sous-marine. »

Ils passèrent au-dessus et, maintenant, la rayure pâle était rejointe par une autre.

« Si j'étais là, en bas, pensa-t-elle, cette rayure serait tout comme une route à travers bois. Et cet endroit où elle rejoint l'autre serait un croisement. Que j'aimerais y être ! Oh ! La forêt se termine. Et je suis sûre que la rayure était bien une route ! Je peux encore la voir continuer sur le sable nu. Elle est d'une couleur différente. Et elle est balisée par quelque chose sur les bords… des lignes pointillées. Peut-être que ce sont des pierres. Et voilà qu'elle s'élargit, maintenant. »

Mais elle ne s'élargissait pas vraiment, elle se rapprochait. Elle s'en rendit compte en voyant l'ombre du bateau monter vers elle à toute vitesse. Et la route – elle était maintenant sûre que c'en était une – commença à zigzaguer. À l'évidence, elle gravissait une colline escarpée. Et, quand elle pencha la tête pour regarder en arrière, ce qu'elle aperçut ressemblait beaucoup à ce qu'on voit quand, du haut d'une colline, on regarde une route sinueuse en contrebas. Elle pouvait même voir les rayons de soleil tomber à travers les profondeurs de l'eau sur la vallée boisée… et, dans le lointain, tout se confondait en un vert atténué. Mais certains endroits – ceux qui étaient ensoleillés, pensa-t-elle – étaient bleu outremer.

Elle n'eut pas le loisir, pourtant, de passer beaucoup de temps à regarder en arrière ; ce qui apparaissait à l'avant était trop passionnant. Apparemment, la route avait atteint le sommet de la colline et filait tout droit. De petites taches s'y déplaçaient de-ci, de-là. Et maintenant, quelque chose de plus intéressant apparaissait soudain en pleine lumière – ou aussi pleine que possible quand la lumière du soleil tombe à travers des mètres d'eau. C'était noueux et irrégulier et d'une couleur de perle ou peut-être d'ivoire. Elle était juste au-dessus, ou presque, si bien qu'elle pouvait à peine discerner ce que c'était. Mais tout s'expliqua quand elle en repéra l'ombre portée. La lumière du soleil tombait obliquement, aussi l'ombre de la chose s'étendait-elle derrière, sur le sable. Et, à sa forme, elle vit clairement que cette ombre était celle de tours et de pinacles, de minarets et de dômes.

« Oh !… C'est une ville, ou un immense château, se dit Lucy. Mais je me demande pourquoi on l'a construit au sommet d'une haute montagne. »

Longtemps après, quand, de retour en Angleterre, elle parlait de toutes ces aventures avec Edmund, ils pensèrent à une explication possible et je suis presque sûr que c'est la bonne. Dans la mer, plus vous descendez profondément, plus tout devient sombre et froid, et c'est là, tout en bas, dans les ténèbres et le froid, que vivent les créatures dangereuses – la pieuvre, le serpent de mer, etc. Les vallées sont l'endroit sauvage, inamical, par excellence. Les gens qui vivent sous la mer ont le même sentiment pour leurs vallées que nous pour des montagnes, et pour leurs montagnes que nous pour des vallées. C'est sur les hauteurs (ou, comme nous disons, sur les hauts-fonds) qu'on trouve tiédeur et paix. Les chasseurs téméraires et les preux chevaliers de la mer descendent dans les profondeurs en quête d'aventures mais, quand ils reviennent à la maison, sur les hauteurs, ils y trouvent la paix et le repos, les rapports de courtoisie et les rencontres, les sports, les danses et les chansons.

Ils avaient dépassé la ville, et le lit de la mer continuait à monter. Il n'était plus, maintenant, qu'à quelques dizaines de mètres sous le navire. La route avait disparu. Ils voguaient au-dessus d'un paysage qui ressemblait à un parc sauvage, entrecoupé de petits sillons de végétation aux couleurs vives. Et puis – Lucy faillit crier d'excitation – elle aperçut des gens.

Il y en avait entre quinze et vingt, tous montés sur des hippocampes – pas les minuscules spécimens que vous avez peut-être vus dans des musées, mais des hippocampes plutôt plus grands qu'eux. Ce devaient être des seigneurs, pensa Lucy, car elle put apercevoir l'éclat de l'or au front de plusieurs d'entre eux et, pendant de leurs épaules, des banderoles émeraude ou orange flottaient dans le courant. Puis :

– Oh ! La barbe, ces poissons ! maugréa Lucy.

Car tout un banc de petits poissons gras, nageant tout près de la surface, était venu s'interposer entre elle et les gens de la mer.

Mais cela, bien que lui gâchant la vue, devait l'amener à assister à la chose la plus intéressante de toutes. Soudain, un féroce petit poisson d'une espèce qu'elle n'avait jamais vue auparavant surgit d'en bas comme une flèche, referma brusquement ses mâchoires sur un des petits poissons gras et plongea rapidement. Et tous les gens de la mer étaient sur leurs chevaux, les yeux fixés sur cette scène. Ils avaient l'air de parler et de rire. Et avant que le poisson chasseur ne soit revenu vers eux avec sa proie, un autre de la même espèce montait vers la surface. Et Lucy fut à peu près certaine qu'un gros homme de la mer monté sur son cheval marin l'avait envoyé ou lâché, comme s'il l'avait retenu jusqu'alors dans sa main ou sur son poignet.

« Eh bien, ça, par exemple, se dit Lucy, c'est une partie de chasse. Ou plutôt une réunion de fauconnerie. Oui, c'est ça. Ils se promènent à cheval avec ces féroces petits poissons sur leur poignet, exactement comme nous avions coutume de chevaucher avec des faucons sur nos poignets lorsque nous étions rois et reines à

Cair Paravel, il y a longtemps. Puis ils les laissent s'envoler – je devrais plutôt dire nager – vers les autres. Comment… »

Elle s'arrêta soudain car la scène était en train de changer. Les gens de la mer avaient remarqué le *Passeur d'Aurore*. Le banc de poissons s'était éparpillé dans toutes les directions : les gens de la mer venaient vers la surface pour voir ce que c'était que cette grosse chose noire qui s'interposait entre eux et le soleil. Ils étaient maintenant si près de la surface que, s'ils avaient été dans l'air et non dans l'eau, Lucy aurait pu leur parler. Il y avait des hommes et des femmes. Tous portaient des diadèmes et beaucoup arboraient des colliers de perles. Mais ils ne portaient aucun vêtement. Leur corps était couleur vieil ivoire, leurs cheveux violet foncé. Le roi, au centre (personne ne pouvait le prendre pour autre chose que le roi), regarda Lucy dans les yeux fièrement et d'un air féroce en agitant une lance dans sa main. Ses chevaliers firent de même. Le visage des dames trahissait la stupeur. Lucy eut la certitude qu'ils n'avaient jamais vu ni bateau ni être humain auparavant... et comment aurait-il pu en être autrement, dans des mers par-delà le Bout-du-Monde où aucun navire ne venait jamais ?

– Qu'est-ce que tu regardes comme ça, Lucy ? dit une voix juste à côté d'elle.

Elle était si absorbée par ce qu'elle voyait qu'elle sursauta et, quand elle se retourna, elle constata que son bras était tout engourdi d'avoir été aussi longtemps appuyé à la rambarde dans la même position. Drinian et Edmund étaient à côté d'elle.

– Regardez, leur dit-elle.

Ils regardèrent tous deux mais, presque aussitôt, Drinian leur dit à voix basse :

– Retournez-vous tout de suite, Vos Majestés... C'est ça, tous dos à la mer. Et ayons l'air de parler de choses sans importance.

– Pourquoi, qu'est-ce qui se passe ? s'enquit Lucy en lui obéissant.

– Pas question que les marins voient tout ça, dit le capitaine. Sinon, il y aura des hommes qui tomberont amoureux d'une femme de la mer, ou même du pays sous la mer, et qui sauteront par-dessus bord. J'ai entendu parler de semblables événements. C'est toujours mauvais signe de voir ces gens-là.

– Mais, dit Lucy, nous les connaissions bien. Au bon vieux temps, à Cair Paravel, quand mon frère Peter le Magnifique était roi ! Ils étaient montés à la surface pour chanter, le jour de notre couronnement.

– Je pense que ce devait être une espèce différente, Lucy, dit Edmund. Ils pouvaient vivre aussi bien dans l'air que sous l'eau. Je dirais plutôt que ceux-ci ne le peuvent pas. À en juger par leur allure, s'ils le pouvaient, ils auraient depuis longtemps fait surface pour nous attaquer. Ils paraissent vraiment féroces.

– De toute façon… commença Drinian.

Mais, à ce moment, on entendit deux bruits à la fois. L'un était un plouf. L'autre, une voix tombant du poste de vigie et criant :

– Un homme à la mer !

Alors, tout le monde s'affaira. Plusieurs marins se précipitèrent dans la mâture pour carguer la voile ; d'autres se ruèrent dans l'entrepont pour se mettre à ramer ; et Rhince, qui était de quart à la poupe, fit valser la barre pour faire demi-tour et revenir vers l'homme qui était tombé par-dessus bord. Mais tous savaient déjà qu'il ne s'agissait pas exactement d'un homme. Il s'agissait de Ripitchip.

– Au diable ce Ripitchip ! s'exclama Drinian. Il nous cause plus de souci que tout le reste de l'équipage réuni. S'il y a un sac d'embrouilles dans lequel se fourrer, il y va tout droit. On devrait le mettre aux fers… le faire passer sous la quille… l'abandonner sur une île déserte… lui couper les moustaches. Quelqu'un voit-il cette petite créature ?

Rien de tout cela ne signifiait que Drinian n'aimât pas Ripitchip, en réalité. Bien au contraire, il l'aimait beaucoup, il avait par conséquent très peur pour lui, et cette appréhension le mettait de mauvaise humeur… exactement comme votre mère est beaucoup plus en colère contre vous que ne le serait un étranger si vous traversez la route en courant au moment où arrive une voiture. Personne, bien sûr, n'avait peur que Ripitchip se noie, car c'était un excellent nageur, mais les trois personnes qui savaient ce qui se passait sous l'eau redoutaient les longues lances cruelles que tenaient les gens de la mer.

En quelques minutes, le *Passeur d'Aurore* eut fait demi-tour et chacun put voir dans l'eau une tache noire qui était Ripitchip. Il était en train de parler d'abondance, en proie à la plus vive excitation mais, comme sa bouche était continuellement pleine d'eau, personne ne comprenait ce qu'il disait.

– Il va tout révéler si on ne le fait pas taire ! s'exclama Drinian.

Il se rua vers le plat-bord et déroula lui-même une corde en criant aux marins :

– Ça va, ça va. Que chacun retourne à son poste. J'espère quand même ne pas avoir besoin d'aide pour hisser à bord une souris.

Et quand Ripitchip commença à grimper le long de la corde – pas très lestement, car sa fourrure trempée l'alourdissait – Drinian se pencha pour lui chuchoter :

– Ne dites rien. Pas un mot.

Mais, après avoir pris pied sur le pont, Ripitchip,

dégoulinant, se montra intéressé par tout autre chose que par les gens de la mer.

– Douce ! piaulait-il. Douce, douce !

– Qu'est-ce que vous racontez ? demanda Drinian d'un ton rogue. Et vous n'avez pas besoin de vous égoutter complètement sur moi, par-dessus le marché.

– Je vous dis que l'eau est douce, dit la souris. Douce, fraîche. Il n'y a pas de sel.

Pendant un instant, personne ne saisit vraiment l'importance de la chose. Alors Ripitchip, une fois de plus, répéta la vieille prophétie :

Là où s'adoucissent la houle et l'onde,
Toi, Ripitchip, jamais ne douteras
De trouver ce que tu cherches, là-bas,
Car c'est là l'extrême Orient du monde.

Et chacun comprit enfin.

– Donne-moi un seau, Rynelf, dit Drinian.

On le lui passa, il le fit descendre et le seau remonta. À l'intérieur, l'eau brillait comme du verre.

– Peut-être Votre Majesté veut-elle la goûter en premier, proposa Drinian à Caspian.

Le roi prit le seau à deux mains, le leva jusqu'à ses lèvres, avala une gorgée, puis but à longs traits et redressa la tête. Son visage était transformé. Non seulement ses yeux mais tout, en lui, semblait avoir plus d'éclat.

– Oui, dit-il, elle est douce. C'est de l'eau pure. Je ne suis pas sûr que ça ne m'achève pas. Mais c'est vraiment la mort que j'aurais choisie… si j'avais connu cela plus tôt.

– Qu'est-ce que tu veux dire ? s'enquit Edmund.

– Ça… ça ressemble à de la lumière plus qu'à quoi que ce soit d'autre, répondit Caspian.

– Voilà ce que c'est, dit Ripitchip. De la lumière buvable. Nous devons être tout près de l'extrémité du monde, maintenant.

Il y eut un bref silence, puis Lucy s'agenouilla pour boire dans le seau.

– C'est la chose la plus merveilleuse que j'aie jamais goûtée, dit-elle en s'étranglant un peu. Mais, oh… C'est concentré. Nous n'aurons plus besoin de manger, maintenant.

Et, un par un, tous, à bord, burent. Et ils restèrent tous silencieux pendant un long moment. Ils se sentaient si bien, si forts que c'en était à peine supportable et, en même temps, ils en ressentaient une autre conséquence. Comme je vous l'ai dit, depuis qu'ils avaient quitté l'île de Ramandu, la lumière avait toujours été trop forte... le soleil trop grand (et pourtant pas trop chaud), la mer trop brillante, l'air trop étincelant. Maintenant, la lumière ne baissait absolument pas – elle serait plutôt devenue plus intense – mais ils le supportaient. Ils pouvaient regarder le soleil en face sans ciller. Ils voyaient plus de lumière qu'ils n'en avaient jamais vu. Et le pont et la voile et leurs visages et leurs corps devenaient de plus en plus brillants, et chaque cordage luisait. Et le matin suivant, au lever du soleil, désormais cinq ou six fois plus grand qu'avant, ils purent le fixer intensément et voir jusqu'à la moindre plume des oiseaux volant à leur rencontre.

C'est à peine si un mot fut prononcé à bord pendant toute cette journée jusqu'à ce que, vers l'heure du dîner (dîner dont personne ne voulait, l'eau leur suffisait), Drinian fît remarquer :

– Je n'y comprends rien. Il n'y a pas un souffle de vent. Les voiles pendent mollement. La mer est plate comme un lac. Et pourtant, nous avançons aussi vite que si nous étions poussés par une tempête.

– Je me suis dit cela aussi, confia Caspian. Nous devons être pris dans un courant très fort.

– Hum... dit Edmund. S'il existe vraiment un bord du monde et si nous nous en approchons...

– Tu veux dire, demanda Caspian, que nous pourrions bien... enfin, basculer par-dessus ?

– Oui ! oui ! s'écria Ripitchip en frappant ses pattes

l'une contre l'autre. C'est ce que j'ai toujours imaginé – le monde comme une grande table ronde et les eaux de tous les océans se déversant sans fin par-dessus le bord. Le bateau culbutera… la proue la première… pendant un moment, nous verrons ce qu'il y a au-delà du bord… et puis, on tombera, on tombera, à toute vitesse…

– Et, à votre avis, qu'est-ce qui nous attendra en bas, hein ? lui demanda Drinian.

– Peut-être le pays d'Aslan, dit la souris, les yeux brillants. Ou peut-être qu'il n'y a pas de bas. Peut-être que ce gouffre est sans fond. Mais de toute manière, est-ce que ça ne vaudrait pas le coup d'avoir pu regarder juste un instant par-dessus le bord du monde ?

– Mais, attendez un peu, dit Eustache. Tout ça n'est que balivernes. La terre est ronde… Je veux dire, ronde comme un ballon, pas comme une table.

– Notre monde est comme ça, le reprit Edmund. Mais celui-ci ?

– Tu veux dire, s'étonna Caspian, que vous trois venez d'un monde rond, rond comme un ballon, et que vous ne me l'avez jamais dit ! Ce n'est vraiment pas gentil de votre part. Car nous avons des contes de fées qui se passent dans des mondes ronds et je les ai toujours adorés. Je n'ai jamais pensé que ça puisse exister dans la réalité. Mais j'ai toujours souhaité qu'il y en ait et j'ai toujours rêvé d'y vivre. Oh ! j'aurais donné n'importe quoi… Je me demande pourquoi vous pouvez venir dans notre monde, et nous jamais dans le vôtre. Si seulement j'en avais la possibilité ! Cela doit être passionnant de vivre sur quelque chose qui ressemble à un ballon. Est-ce que vous êtes déjà allés dans les parties de votre monde où les gens marchent la tête en bas ?

Edmund secoua la tête.

– En fait, ce n'est pas comme ça, rectifia-t-il. Un monde rond comme un ballon n'a rien de particulièrement excitant quand on s'y trouve.

Chapitre 16
Tout au Bout-du-Monde

En dehors de Drinian et des deux Pevensie, Ripitchip était à bord la seule personne qui ait remarqué les gens de la mer. Il avait plongé dès qu'il avait vu leur roi agiter sa lance, car il avait considéré cela comme une sorte de menace ou de défi dont il voulait se faire rendre raison sur-le-champ. Son attention avait été détournée par la découverte que l'eau, maintenant, était douce, ce qui l'avait enthousiasmé et, avant qu'il ne pensât à nouveau aux gens de la mer, Lucy et Drinian le prirent à part pour lui demander de ne pas parler de ce qu'il avait vu.

La suite prouva qu'ils n'avaient pas à s'en faire car, à ce moment, le *Passeur d'Aurore* glissait sur une partie de la mer qui semblait inhabitée. Personne, sauf Lucy, ne revit jamais les gens de la mer, et elle-même ne les revit qu'une seule fois, très brièvement. Toute la matinée du jour suivant, ils naviguèrent dans une eau vraiment peu profonde, dont les fonds étaient couverts d'herbes marines. Juste avant midi, Lucy vit un grand banc de poissons brouter l'herbe. Ils mangeaient, sans arrêt, en avançant tous dans le même sens. « Exactement comme un troupeau de moutons », se dit Lucy. Soudain, elle aperçut au milieu d'eux une petite fille de la mer d'à peu près son âge – une petite fille tranquille à l'air solitaire avec une sorte de crosse à la main. Lucy était sûre que c'était une bergère… et que le banc était vraiment un troupeau de poissons qui paissait. Les poissons, comme la fillette, se trouvaient tout près de la surface. Et, au moment précis où la fillette, dans l'eau peu profonde, et Lucy, penchée par-dessus le bastingage, arrivèrent en face l'une de l'autre, elle leva la tête et regarda Lucy droit dans les yeux. Elles ne pouvaient pas se parler et, un instant plus tard, la jeune bergère avait disparu derrière le bateau. Mais Lucy n'oublierait jamais son visage. Son expression n'était ni effrayée ni agressive comme celle des autres gens de la mer. Lucy avait bien aimé cette petite fille et elle était sûre que c'était réciproque. Il leur avait suffi de cet instant pour devenir amies, en quelque sorte. Il ne semble pas y avoir beaucoup de chances qu'elles se revoient dans ce monde ou aucun autre. Mais si jamais cela leur arrive, elles se précipiteront l'une vers l'autre les bras ouverts.

Ensuite, pendant des jours et des jours, sans vent dans ses haubans ni écume sous sa proue, à travers une mer sans houle, le *Passeur d'Aurore* glissa en douceur vers l'est. À chaque heure de chaque jour, la lumière devenait plus vive, et pourtant ils la supportaient. Aucun d'entre eux ne mangeait ni ne dormait, aucun n'en avait envie, mais ils puisaient dans la mer des seaux d'une eau scintillante, plus forte que le vin et en quelque sorte plus humide, plus liquide que de l'eau ordinaire, et se portaient silencieusement des toasts en la buvant à longs traits. Et un ou deux marins qui avaient été des hommes vieillissants au début du voyage rajeunissaient désormais chaque jour. Tous, à bord, étaient pleins de joie et d'exaltation, mais pas de cette exaltation qui pousse à parler. Plus loin les portait leur voyage et moins ils parlaient et, même alors, ce n'était qu'un murmure. Le calme de cette mer ultime exerçait une forte emprise sur eux.

– Capitaine, dit un jour Caspian à Drinian, que voyez-vous droit devant ?

– Sire, je vois du blanc. Tout au long de l'horizon, du nord au sud, aussi loin que porte mon regard.

– C'est aussi ce que je vois, confirma Caspian, et je me demande bien ce que c'est.

– Si nous étions sous de plus hautes latitudes, Votre Majesté, je dirais que c'est de la glace. Mais ça ne peut en être, pas ici. Tout de même, nous ferions mieux de mettre des hommes aux rames pour retenir le navire à contre-courant. Quelle que soit cette chose, nous n'avons pas intérêt à rentrer dedans à cette vitesse !

On fit comme Drinian avait dit, et le navire ralentit ainsi de plus en plus, régulièrement. Cette blancheur ne perdait rien de son mystère à mesure qu'ils s'en approchaient. S'il s'agissait d'une terre, elle devait être bien étrange, car elle semblait aussi lisse que l'eau, et au même niveau. Quand ils furent tout près, Drinian fit virer le *Passeur d'Aurore* cap au sud, le mettant ainsi en travers du courant, et on rama un peu en longeant le bord de cette zone blanche. Du même coup, ils firent l'importante découverte que ce courant n'avait guère plus de douze ou treize mètres de large et que le reste de la mer était aussi calme qu'un lac. C'était là une bonne nouvelle pour l'équipage, qui s'était déjà mis à penser que le voyage de retour vers le pays de Ramandu, en ramant à contre-courant d'un bout à l'autre, ne serait pas très amusant (cela expliquait aussi pourquoi la petite bergère avait disparu si vite : elle était en dehors du courant, sinon, elle se serait déplacée vers l'est à la même vitesse que le bateau).

Personne ne pouvait déterminer ce qu'était cette matière blanche ; aussi mit-on la chaloupe à la mer pour l'envoyer en exploration. Ceux qui étaient restés à bord du *Passeur d'Aurore* virent le canot s'enfoncer tout droit au milieu de la blancheur. Puis ils entendirent (distinctement sur l'eau dormante) les voix de ceux qui étaient dans la chaloupe pousser de grands cris de surprise. Puis il y eut une pause tandis que Rynelf, à l'avant de la chaloupe, sondait les fonds ; et quand, ensuite, l'embarcation revint à force de rames, il semblait y avoir une grande quantité de cette matière blanche à l'intérieur. Tous se massèrent près du bastingage pour entendre les nouvelles.

— Des nénuphars, Votre Majesté ! cria Rynelf, debout à l'avant du canot.

— Qu'est-ce que vous dites ? s'étonna Caspian.

— Des nénuphars en fleur, Votre Majesté, confirma-t-il. Comme dans un bassin ou dans un jardin de chez nous.

– Regardez, dit Lucy qui se trouvait à l'arrière de la chaloupe.

Elle tendait ses deux bras mouillés, couverts de pétales blancs et de grandes feuilles plates.

– Quelle profondeur, Rynelf ? s'enquit Drinian.

– C'est ce qui est curieux, capitaine. Il y a encore du fond. Trois brasses et demie, au moins.

– Ça ne peut pas être de vrais nénuphars… pas ce que nous appelons des nénuphars, dit Eustache.

Ce n'en était probablement pas, mais cela y ressemblait beaucoup. Et quand, après qu'on en eut discuté, le *Passeur d'Aurore* revint dans le courant et commença à glisser vers l'est à travers le lac aux Nénuphars ou la mer d'Argent (ils hésitèrent entre ces deux noms, mais ce fut la mer d'Argent qui resta, et qui figure désormais sur la carte de Caspian), commença la partie la plus étrange de leur odyssée. Très vite, la haute mer qu'ils quittaient alors ne fut plus qu'un mince trait bleu sur l'horizon, à l'ouest. La blancheur, teintée d'une nuance dorée presque imperceptible, s'étendait tout autour d'eux, sauf dans leur sillage, où leur passage avait écrasé les nénuphars en laissant ouvert un chenal d'une eau vert foncé luisante comme du verre. À regarder, cette mer ultime faisait à peu près le même effet que l'océan Arctique, et si leurs yeux n'étaient pas devenus maintenant aussi forts que ceux d'un aigle, ils n'auraient pu supporter l'éclat du soleil sur toute cette blancheur – surtout le matin quand, à son lever, il était le plus gros. Et, chaque soir, cette même blancheur faisait durer plus longtemps la lumière du jour. Les nénuphars semblaient s'étendre à l'infini. Jour après jour, de tous ces kilomètres, de toutes ces lieues de fleurs montait un parfum que Lucy trouvait très difficile à définir ; doux… oui, mais pas du tout soporifique ni entêtant, une odeur fraîche, sauvage, unique, qui semblait vous monter au cerveau et vous donner l'impression que vous pourriez gravir des montagnes en courant ou lutter avec un éléphant. Caspian et elle se confièrent mutuellement :

— J'ai l'impression de ne pouvoir en supporter plus, et pourtant je n'ai pas envie que ça s'arrête.

Ils sondaient très souvent les fonds, mais l'eau ne devint moins profonde qu'au bout de plusieurs jours. Par la suite, sa profondeur ne cessa plus de diminuer. Vint un jour où il leur fallut ramer pour sortir du courant et continuer à progresser, aussi lentement qu'un escargot. Il devint vite évident que le *Passeur d'Aurore* ne pouvait pas aller plus loin vers l'est. En fait, ce ne fut qu'au prix de savantes manœuvres qu'ils évitèrent de s'échouer.

— Mettez la chaloupe à la mer, cria Caspian, puis appelez tous les hommes à l'arrière. J'ai à leur parler.

— Que va-t-il faire ? chuchota Eustache à Edmund. Il a un regard bizarre.

— Nous avons probablement tous le même.

Ils rejoignirent Caspian à la poupe et, bientôt, tous les hommes furent rassemblés au pied de l'échelle pour entendre le discours du roi.

— Mes amis, dit-il, nous avons maintenant atteint le but de la quête pour laquelle vous vous êtes embarqués. Les sept seigneurs ont tous été retrouvés et, comme le seigneur Ripitchip a juré de ne jamais revenir, quand vous arriverez au pays de Ramandu, vous trouverez sûrement les seigneurs Revilian, Argoz, Mavramorn et Rhoop bien réveillés. À vous, mon cher Drinian, je confie ce bateau, en vous enjoignant de voguer vers Narnia aussi vite que possible, et de ne surtout pas débarquer sur l'île des Eaux-de-la-Mort. Et transmettez à mon régent, le nain Trompillon, mon ordre de distribuer à tous ceux que voici, mes camarades de bord, les récompenses que je leur ai promises. Elles ont été bien méritées. Et si je ne reviens pas, ma volonté est que le régent, le docteur Cornelius, Chasseur-de-Truffes le blaireau et le seigneur Drinian choisissent un roi de Narnia avec le consentement…

– Mais, Sire, l'interrompit Drinian, êtes-vous en train d'abdiquer ?

– Je vais avec Ripitchip voir le Bout-du-Monde, répondit-il.

Un long murmure de consternation courut parmi les marins.

– Nous prendrons la chaloupe, poursuivit le roi. Vous n'en aurez aucun besoin dans ces mers calmes, il vous suffira d'en construire une neuve sur l'île de Ramandu. Et maintenant…

– Caspian, l'interrompit soudain Edmund avec sévérité, tu ne peux pas faire ça.

– Sans aucun doute, ajouta Ripitchip, Sa Majesté ne le peut pas.

– Ne peut pas ? répéta sèchement le roi qui, à cette minute, n'était pas sans ressembler à son oncle Miraz.

— Je supplie Votre Majesté de me pardonner, dit Rynelf qui était sur le pont en contrebas, mais si l'un d'entre nous faisait la même chose, on appellerait ça une désertion.

— Vous présumez trop de vos longues années de service, Rynelf, dit-il.

— Non, Sire ! Il a parfaitement raison, intervint Drinian.

— Par la crinière d'Aslan, tonna Caspian, j'aurais cru pouvoir penser que vous tous ici étiez mes sujets, pas mes maîtres d'école.

— Moi qui ne le suis pas, rectifia Edmund, je dis que tu ne peux pas faire ça.

— Encore « ne peux pas » ! Qu'est-ce que tu veux dire par là ?

— S'il plaît à Votre Majesté, nous voulons dire qu'elle ne « doit pas », intervint Ripitchip avec une très profonde révérence. Vous êtes le roi de Narnia. Vous manqueriez à votre parole envers tous vos sujets, et particulièrement envers Trompillon, en ne revenant pas. Vous ne devez pas vous permettre des aventures à votre fantaisie comme si vous étiez une personne privée. Et si Votre Majesté n'entend pas raison, il sera de la plus authentique loyauté pour tous les hommes présents à bord de se joindre à moi pour vous désarmer et vous tenir ligoté jusqu'à ce que vous repreniez vos esprits.

— Tout à fait, confirma Edmund. Comme on fit à Ulysse quand il voulut rejoindre les sirènes.

Caspian portait déjà la main à son épée quand Lucy ajouta :

– Et tu as pratiquement promis à la fille de Ramandu de revenir.

Il garda un instant le silence.

– C'est vrai, oui. Il y a cela, dit-il.

Il se tint un instant immobile, irrésolu, puis cria à la cantonade :

– Bon, comme vous voudrez ! La quête est finie. Nous rentrons tous. Remontez la chaloupe.

– Sire, dit Ripitchip, nous ne rentrons pas tous. En ce qui me concerne, comme je vous l'ai déjà expliqué…

– Silence ! tonna Caspian. On m'a fait la leçon, mais je ne me laisserai pas harceler. N'y a-t-il personne pour faire taire cette souris ?

– Votre Majesté a promis, dit Ripitchip, d'être bon prince pour les animaux parlants de Narnia.

– Les animaux parlants, oui. Mais je n'ai rien dit au sujet des animaux qui parlent sans arrêt.

Et il rejeta l'échelle au sol avec exaspération, puis s'engouffra dans la cabine dont il claqua la porte.

Mais, quand les autres l'y rejoignirent un peu plus tard, ils le trouvèrent changé ; pâle, il avait les larmes aux yeux.

– Ça ne sert à rien, dit-il. J'aurais mieux fait de me conduire correctement, pour ce que ça m'a rapporté de me mettre en colère et de plastronner. Aslan m'a parlé. Non… Je ne veux pas dire qu'il était là vraiment. D'ailleurs, il n'aurait pas tenu dans cette cabine. Mais cette tête de lion dorée, là, sur le mur, s'est animée et m'a parlé. C'était terrible… Ses yeux. Non pas qu'il ait été brutal avec moi, pas du tout… juste un peu sévère au début. Mais c'était terrible tout de même. Et il m'a dit… il m'a dit… oh ! je ne peux pas supporter ça. La pire chose qu'il pouvait me dire. Vous allez continuer… Rip, Edmund, Lucy et Eustache, et moi, je dois rentrer. Seul. Tout de suite. À *quoi* tout cela sert-il ?

– Caspian, cher Caspian, lui dit Lucy. Tu savais bien que nous devrions retourner dans notre monde à nous tôt ou tard.

– Oui, répondit-il avec un sanglot, mais là, c'est tôt.

– Tu te sentiras mieux quand tu seras revenu sur l'île de Ramandu.

Un peu plus tard, il retrouva son moral, mais ce fut une séparation pénible des deux côtés, et je ne m'y attarderai pas. Vers deux heures de l'après-midi, bien approvisionnés en vivres et en eau potable (bien qu'ils se soient dit qu'ils n'auraient besoin ni de nourriture ni de boisson) et après avoir embarqué le canoë de Ripitchip, la chaloupe s'éloigna du *Passeur d'Aurore* à la rame sur le tapis de nénuphars qui s'étendait à l'infini. Pour saluer leur départ avec honneur, le *Passeur d'Aurore* hissa tous ses drapeaux et arbora tous ses boucliers au-dehors. De là où ils étaient, au milieu des nénuphars, le navire leur parut grand, gros et rassurant. Et avant même de l'avoir perdu de vue, ils le virent virer de bord et commencer à s'éloigner lentement à force de rames. Pourtant, Lucy, bien qu'elle ait versé quelques larmes, n'en fut pas aussi affectée qu'on aurait pu s'y attendre. La lumière, le silence, le parfum entêtant de la mer d'Argent, et même (d'une façon bizarre) la solitude elle-même étaient trop enthousiasmants.

Il n'était pas nécessaire de ramer, car le courant les entraînait vers l'est avec constance. Aucun d'eux ne mangea, aucun d'eux ne dormit. Toute cette nuit et tout le jour qui suivit ils glissèrent vers l'est, et quand pointa l'aube du troisième jour – avec un éclat que vous ou moi n'aurions pu supporter, même avec des lunettes de soleil – ils virent devant eux une merveille. C'était comme si une muraille s'élevait entre le ciel et eux, une muraille d'un gris verdâtre, tremblante et frissonnante. Puis le soleil se leva, et son premier rayon leur parvint à travers, sa lumière transformée en splendides couleurs d'arc-en-ciel. Ils comprirent que la muraille était en réalité une longue, une haute vague – une vague fixée définitivement à la même place comme on peut souvent le voir au bord d'une chute d'eau. Elle semblait avoir dix mètres de haut, et le courant les entraînait vers elle en douceur.

On pourrait imaginer qu'ils pensèrent alors être en danger. Ce ne fut pas le cas. Je ne crois d'ailleurs pas qu'à leur place quiconque y aurait songé. Comme leurs yeux avaient été protégés par l'eau du Dernier Océan, ils pouvaient regarder le soleil levant et le voir clairement, discerner des choses qui se trouvaient au-delà. Ce qu'ils apercevaient – à l'est, au-delà du soleil – c'était une chaîne de montagnes. Si haute qu'ils n'en virent jamais le sommet, ou bien ils oublièrent l'avoir vu. Aucun d'entre eux ne se souvient d'avoir vu du ciel dans cette direction. Et les montagnes étaient sans doute réellement hors du monde. Car, sur n'importe quelle montagne, même du quart ou du vingtième de la hauteur de celles-là, il y aurait eu de la neige et de la glace. Tandis que celles-ci étaient chaudes et verdoyantes, couvertes de forêts et de cascades sur toute leur hauteur. Et soudain se leva une brise à l'est, faisant naître de l'écume sur la crête de la vague. Cela ne dura qu'une seconde ou à peu près, mais ce que la brise leur apporta en une seconde, aucun des trois enfants ne l'oublierait jamais. Ce qui leur parvint, ce fut à la fois une odeur et un son, le son d'une musique. Edmund et Eustache, par la suite, n'en parlaient jamais. Lucy se contentait de dire :

– Cela vous brisait le cœur.

– Pourquoi ? lui demandais-je. Était-ce si triste ?

– Triste ? Non ! répondait-elle.

Dans la chaloupe, il n'en fut pas un pour douter d'avoir plongé son regard au-delà du Bout-du-Monde, dans le pays d'Aslan.

À cet instant, avec un raclement, la chaloupe s'échoua. L'eau n'était plus assez profonde.

– C'est à partir d'ici, dit Ripitchip, que je dois continuer tout seul.

Ils ne tentèrent même pas de le retenir car, à présent, tout donnait l'impression d'avoir été écrit quelque part, ou de s'être déjà produit auparavant. Ils l'aidèrent à descendre son petit canoë. Puis il dégaina son épée (« Je n'en aurai plus besoin », dit-il) et la lança au loin dans la mer couverte de nénuphars. Là où elle tomba, elle resta plantée tout droit, la poignée au-dessus de la surface. Enfin, il leur fit ses adieux, en s'efforçant pour eux d'être triste ; mais il frissonnait de bonheur. Pour la première et la dernière fois, Lucy fit ce qu'elle avait toujours voulu faire : le prendre dans ses bras et le caresser. Puis il monta en hâte dans son canoë, s'empara de sa pagaie, fut emporté par le courant, et s'éloigna vers l'horizon, très noir sur ce fond de nénuphars blancs. Mais aucun nénuphar ne poussait sur la vague ; sa pente était lisse et verte. Le canoë allait de plus en plus vite, et il escalada magnifiquement son flanc. Une fraction de seconde, ils virent sa silhouette, avec Ripitchip, tout en haut. Puis la vision disparut et, depuis lors, personne ne peut se targuer en vérité d'avoir vu Ripitchip la souris. Mais j'ai personnellement la certitude qu'il est arrivé sain et sauf dans le pays d'Aslan et qu'il y est encore en vie à ce jour.

Au fur et à mesure que le soleil montait, la vue des montagnes hors du monde s'évanouissait. La vague subsistait, mais il n'y avait que du ciel bleu derrière.

Les enfants quittèrent la chaloupe et pataugèrent – non en direction de la vague, mais vers le sud, avec la muraille d'eau sur leur gauche. Ils auraient été bien incapables de vous dire pourquoi ils faisaient ça ; c'était leur destin. Et, bien qu'ils se soient sentis – et montrés – très adultes à bord du *Passeur d'Aurore*, ils avaient maintenant l'impression inverse et se tinrent par la main pour patauger au milieu des nénuphars. À aucun moment, ils ne se sentirent fatigués. L'eau était tiède et son niveau ne cessait de baisser. Ils finirent par se retrouver sur du sable sec, et puis sur de l'herbe, une immense plaine d'herbe très rase, presque au même niveau que la mer d'Argent, s'étendant dans toutes les directions sans le moindre monticule.

Et, bien sûr, comme il est de règle dans un lieu plat et sans arbres, il leur semblait que, devant eux, le ciel descendait jusqu'à toucher l'herbe. Mais en avançant, ils eurent l'impression particulièrement étrange que le ciel descendait vraiment et rejoignait bien la terre – une paroi bleue, très brillante, mais bien réelle et compacte, ressemblant à s'y méprendre à du verre. Et ils en furent vite tout à fait sûrs. C'était tout près, maintenant.

Mais entre le pied du ciel et eux, il y avait quelque chose, d'une telle blancheur que même avec leurs yeux d'aigles, ils pouvaient à peine le regarder. Ils s'approchèrent et virent que c'était un agneau.

– Venez prendre votre petit déjeuner, leur dit-il de sa douce voix laiteuse.

Puis ils s'avisèrent pour la première fois qu'un feu était allumé sur l'herbe, avec du poisson en train de griller. Ils s'assirent pour manger le poisson, soudain affamés pour la première fois depuis je ne sais combien de jours. Et c'était le poisson le plus délicieux qu'ils aient jamais goûté.

– Agneau, s'il te plaît, lui dit Lucy, est-ce le bon chemin pour le pays d'Aslan ?

– Pas pour vous. Pour vous, la porte qui donne accès au pays d'Aslan est dans votre monde à vous.

– Quoi ! s'exclama Edmund. Il y aurait un chemin pour aller de notre monde à nous dans le pays d'Aslan ?

– Il existe un chemin pour aller dans mon pays en partant de n'importe quel monde, dit l'agneau.

Mais, tandis qu'il parlait, le blanc neigeux de sa toison se mettait à rougeoyer en un or fauve, sa taille changeait, et voici qu'il était Aslan lui-même, les surplombant et dispersant l'éclat lumineux de sa crinière.

– Oh ! Aslan, lui dit Lucy, allez-vous nous dire comment arriver dans votre pays en partant de notre monde à nous ?

– Je vous le dirai. Mais sans vous préciser combien de temps durera votre trajet ; je vous dirai seulement que ce chemin enjambe une rivière. Mais que cela ne vous effraie pas, car je suis le grand bâtisseur de ponts. Maintenant, venez, je vais ouvrir la porte qui est dans le ciel pour vous renvoyer dans votre monde à vous.

– S'il vous plaît, Aslan, dit Lucy, avant notre départ, allez-vous nous dire quand nous pourrons revenir à Narnia ? S'il vous plaît. Et, oh, faites, oui, faites, faites que ce soit très bientôt !

– Très chère enfant, répondit-il avec beaucoup de douceur, ton frère et toi ne reviendrez jamais à Narnia.

– Oh ! Aslan ! s'exclamèrent ensemble Edmund et Lucy d'une voix désespérée.

– Vous êtes trop âgés, mes enfants, et vous devez commencer à vous rapprocher de votre propre monde, désormais.

– Ce n'est pas pour Narnia, sanglota Lucy, c'est pour vous. Nous ne vous verrons pas, là-bas. Et comment pouvons-nous vivre sans jamais plus vous rencontrer ?

– Mais vous me rencontrerez, chère enfant.

– Êtes… êtes-vous là-bas aussi, monsieur ? demanda Edmund.

— J'y suis, répondit Aslan. Mais je porte là-bas un autre nom. Il vous faut apprendre à me connaître par ce nom. C'est pour cette même raison que vous avez été transportés à Narnia ; pour que, en me connaissant un petit moment ici, vous puissiez maintenant mieux me reconnaître là-bas.

— Et est-ce qu'Eustache ne doit jamais revenir ici non plus ? demanda Lucy.

— Enfant, lui dit le Lion, as-tu vraiment besoin de le savoir ? Viens, j'ouvre la porte dans le ciel.

Puis, en un instant, il y eut une fente ouverte dans le mur bleu (comme un rideau qu'on déchire), et une terrible lumière blanche venant d'au-delà du ciel, et le contact de la crinière d'Aslan, et un baiser de lion sur leurs fronts, et puis… la chambre de derrière chez tante Alberta à Cambridge.

Il ne reste à dire que deux choses. L'une est que Caspian et ses hommes arrivèrent tous sains et saufs sur l'île de Ramandu. Et les quatre seigneurs s'éveillèrent de leur long sommeil. Caspian épousa la fille de Ramandu et ils finirent par rejoindre Narnia, et elle devint une grande reine, mère et grand-mère de grands rois. L'autre est que, quand il fut de retour dans notre monde à nous, tous se mirent vite à dire combien Eustache s'était amélioré, et que « on ne croirait jamais que c'est le même garçon » ; tous, sauf tante Alberta qui disait qu'il était devenu ordinaire et très ennuyeux, et que cela devait être l'influence de ces petits Pevensie.

Table des matières

1. Un tableau sur le mur, *9*
2. À bord du « Passeur d'Aurore », *25*
3. Les îles Solitaires, *43*
4. Ce que Caspian fit là-bas, *59*
5. La tempête et ses conséquences, *75*
6. Les aventures d'Eustache, *91*
7. Comment se termina cette aventure, *109*
8. Deux fuites précipitées, *125*
9. L'île des Voix, *141*
10. Le livre du magicien, *157*
11. Comment rendre les Nullipotes heureux, *173*
12. L'île Obscure, *189*
13. Les trois dormeurs, *203*
14. Là où commence le Bout-du-Monde, *217*
15. Les merveilles du Dernier Océan, *231*
16. Tout au Bout-du-Monde, *247*

Clive Staple Lewis
L'auteur

Clive Staple Lewis est né à Belfast en 1898. Enfant, il était fasciné par les mythes, les contes de fées et les légendes que lui racontait sa nourrice irlandaise. L'image d'un faune transportant des paquets et un parapluie dans un bois enneigé lui est venue à l'esprit quand il avait seize ans. Mais c'est seulement de nombreuses années plus tard, alors que C. S. Lewis était professeur à l'université de Cambridge, que le faune fut rejoint par une reine malfaisante et un lion magnifique. Leur histoire, *Le Lion, la Sorcière Blanche et l'Armoire magique*, est devenue un des livres les plus aimés de tous les temps. Six autres volumes ont suivi. Le prestigieux prix Carnegie, la plus haute distinction de littérature pour la jeunesse au Royaume-Uni, a été décerné au dernier volume, *La Dernière Bataille*, en 1956.

Pauline Baynes
L'illustratrice

C'est J. R. R. Tolkien qui a présenté **Pauline Baynes** à C. S. Lewis. Ses illustrations pour Le Monde de Narnia s'étalent sur une période remarquablement longue, depuis *Le Lion, la Sorcière Blanche et l'Armoire magique*, paru en 1950, jusqu'à la mise en couleurs, à la main, de l'intégralité des sept titres, près de cinquante ans plus tard ! Pauline Baynes a remporté la Kate Greenaway Medal et compte parmi les meilleurs illustrateurs pour enfants de notre époque.

Retrouve les héros
du **Monde de Narnia**

dans la collection

folio
junior

1. Le Neveu du magicien

n° 1150

Polly trouve parfois que la vie à Londres n'est guère passionnante… jusqu'au jour où elle rencontre son nouveau voisin, Digory. Il vit avec sa mère, gravement malade, et un vieil oncle au comportement étrange. Celui-ci force les deux enfants à essayer des bagues magiques qui les transportent dans un monde inconnu. Commence alors la plus extraordinaire des aventures…

2. Le Lion, la Sorcière Blanche et l'Armoire magique

n° 1151

Narnia… Un royaume condamné à un hiver éternel, un pays qui attend d'être libéré d'une emprise maléfique. L'arrivée miraculeuse de quatre enfants fait renaître l'espoir. S'ils trouvent Aslan, le grand Lion, les pouvoirs de la Sorcière Blanche pourraient enfin être anéantis…

3. Le Cheval et son écuyer

n° 1152

Shasta, maltraité par le pêcheur qui l'a recueilli et élevé, quitte le pays de Calormen en compagnie de Bree, un cheval doué de parole. Ils n'ont qu'un espoir : rejoindre le merveilleux royaume de Narnia… En chemin, ils rencontrent une jeune fille de noble naissance, Aravis, qui fuit un mariage forcé. D'aventure en aventure, les deux héros perceront-ils le mystère qui entoure la naissance de Shasta ?

4. Le Prince Caspian

n° 1153

Peter, Susan, Edmund et Lucy sont sur le point de se séparer pour entamer une nouvelle année scolaire. Ils attendent le train qui doit les conduire en pension quand, tout à coup, ils sont transportés dans le pays de Narnia où ils ont régné autrefois. Mais si, pour eux, une année seulement s'est écoulée, dans leur ancien royaume des siècles ont passé. Le palais royal est en ruine. Parviendront-ils à ramener la paix dans le monde magique de Narnia ?

6. Le Fauteuil d'argent
n° 1211

Pour Jill et Eustache, la vie est dure à l'école expérimentale ! Un jour, voulant échapper à des élèves qui les brutalisent, les enfants ouvrent la petite porte du jardin. Au lieu de la lande morne et grise, ils découvrent une contrée radieuse, le pays d'Aslan, le grand Lion. Celui-ci leur confie une mission : retrouver Rilian, prince héritier de Narnia, enlevé des années plus tôt par un horrible serpent…

7. La Dernière Bataille
n° 1212

Seul, captif, désespéré, le dernier roi de Narnia appelle à son secours les enfants qui, tant de fois, par le passé, ont sauvé le royaume de la destruction. Jill et Eustache se retrouvent donc, à nouveau, transportés dans l'univers enchanté de Narnia dont ils rêvent chaque jour en secret. Mais parviendront-ils, cette fois, à éviter le pire ? Car cette aventure pourrait bien être la dernière…

Mise en pages : David Alazraki

Loi n° 49-956 du 16 juillet 1949
sur les publications destinées à la jeunesse
ISBN : 978-2-07-061904-7
Numéro d'édition : 157409
Premier dépôt légal dans la même collection : avril 2002
Dépôt légal : mars 2008

Imprimé en Italie par Lego